Ludwig Weibel
Poesie des Seins
Ich vergolde deines Ringens Ziel

Books on Demand

Bibliographische Information der Deutschen National-bibliothek. Die Deutsche Nationalbibliothek verzeichnet diese Publikation in der deutschen Nationalbibliographie, detaillierte bibliographische Daten sind im Internet über http://dnb.dnb.de abrufbar.

© 2015 Autor: Ludwig Weibel
Herstellung und Verlag:
BoD – Books on Demand, Norderstedt
ISBN 9783734793943

Ludwig Weibel

Poesie des Seins

Inhalt

Evolution
5

Überschauende Bewusstheit
23

Wunderbare Wege führ Ich dich
39

Schwingendes Entzücken
55

Leitgesangs Verklingen
71

Schöpferflügelrauschen
87

Taubenweisheit
103

Eskalierende Spiralen
119

Sternenvision
135

Lächeln im Olymp
151

Glanz im Schweigen
167

Tief im Schauen
183

1

Evolution

Evolution

Stirb in Mein Leben
Ich stürze
Welt und All in Mein Gelingen
bau dir Sätze wie Paläste um den Ton

Helles Wachsein zu bewirken
tauch Ich
All-bewusst
in dein Erleben
und lehre dich
den Akt der Selbst-Geburt vollziehn

Deiner
Grossmut Stunde sag Ich an
Dein Recht erschaff Ich dir vor aller Augen
Nimm hin den
Siegeskranz aus
Meinem Pflichtgefühl

Die Zeit blitzt auf gesättigten
Gelingens
Ich stürm
in deiner Innheit einen Ruck voran
Im Tag der Freiheit
hat sich überwältigend das Lichtgestirn erhoben

Die Summe
Meines Wirkens
trägt dich meilenweit voran
Ich giesse
Ungebundenheit in dein Erheben
und gelobe deinen Schwingen Aufwind im Begleiten

In die Fülle
Meiner Leere wirf dich Kämpferin
Ich vergolde
deines Ringens Ziel
und lasse
Meinen Strahl in dein Erkennen fahren

Ich präge deinem Trauen Meines Willens Züge ein
Deine Sendung ist Mein Sein
zu loben
Ich verheisse dir Glückseligkeit im Schauen

Behalte dich im Auge -
vor der Tat
Ich poche
an dein
Selbstbefinden
Dein Ruhm
ist Meine Vaterschaft im Strömen

Ich erlebe
was du lebst
In dir
wachse Ich
zu Mir empor
Der Schritt
zu Mir ist
dein Beschneiden

Ich halte Zwiesprach mit dem Sinngehalt der Sterne
Vermummend steht Materie dem
Geistesglanz entgegen
Erst im
Un-Licht
Bin Ich wahr

Titanenkraft ballt Sonnen in den Raum
Beeil dich
Meine Tiefen zu ermessen
In Mein Begeistern zieh Ich dich
an beiden Ohren

Du schwärmst von Dingen die Ich längst
vergessen hab
Ich sende
Meinen Pfeil
ins klingende Äon
Sternschnuppen ins Verglühn

Entäussere dich Meinem Herzen
Ich verlange dich
in Meinem Saal
Stürmisch Bin Ich in des Seins
gefeiertem Umfangen

Ich spreche Urgewalt
in deine Sphären
Meine Stimme weckt den Rhythmus
in der Worte Wahl
Gewinne aus den Tönen
Meines Wohllauts Harmonie

Du hast dich Meinem Ebenmass verschworen
Des Sinnens Hochflug
fach Ich an
und zähle
was du Mir erzählst im Staunen

Die Treuen
lass Ich in der Freude ruhn
Mein Wahrspruch ist ein
rettendes Gewoge
der Heilsruf
Meines Übermuts Elan

Beweise was du willst Ich
will dich weisen
In Meinem Willen
sind die grossen Dinge noch zu tun
Der Schall des
Geistrufs schwillt
zur Donnerstärke an

Du hast dem Schwung
des Weltgeschehns
dein Siegel einzuprägen
Gewinne siegreich was Ich dir zu
tun befehle
Meine Schwingen sind
des Adlers überschauend Spiel

Ich habe dich zum Spruchbild
Meiner Gegenwart
erkoren
halle
Meiner Stimme Rollen an dein Ohr
und befreie Schöpferkraft
aus deinem Sagen

Ich seh die Flamme Leidenschaft
den Stahl verbluten
Im Tosen der
Giganten wird die Welt erst schön
Gebändigt ruht das Werk zu
Meinen Füssen

Ich werfe Meinen Sinnspruch
ins gestaltende Gehör
Deinem Willen zum Vollbringen
will Ich Wasser tragen
Ich entflamme dich zum Lustschrei
im Gebären

Folge Mir
Ich heiss dich ins Unendliche zerstieben
Im Sang der Galaxien tönt Mein Wohl
Berausche dich am Klang des Sternstaubs im
Verkreisen

Ich verkrieche Mich in deiner Larve
grüblerischen Schoss
Verwandlung schiesst mit Vehemenz
in deine Venen
Ich will und will Mich aus der Enge in den
Schmetterling vertun

Mein Zeichen ist der Lichtball
im Ergleissen
Mein Herz das Universum
im beseelten Saal
in den Ich
Meine Liebeskraft verstrahle

Harmonie

Ich Bin dir
Herz und Heimat in des Himmels lichten Chören
An Mein Sein geschmiegt wird deine Sehnsucht sich in
Seligkeit vollenden
Ich erlöse dich ins Fliessen einer Freudenmelodie

Deine Sorgen
lass Ich ins Vergessen gleiten
Deines Sinnens Züge ziehn Mich
leise an
Edelmut will sich der Edelmütigkeit vergeben

Ich Bin dir
wie das Blätterlispeln nah
Wie die Traube
füll Ich deines Seins Verlangen
und lass Geläut
durch deine Liebesnächte ziehn

Ich ebne dir
den Weg ins Glück der Tränen
Ich erfand die Güte
deine Ungeduld zu zähmen
Deines Sehnens Träume mach Ich wahr

Im Reich der Hoffnung leg Ich dir die
Lebenslust zu Füssen
Das Wesen der Unendlichkeit ist Meiner Liebe
zärtliches Umfangen
Gelobe
Meiner Sanftmut treu zu sein

Ich bedenke deines Wesens Widerhall mit heiligem
Verlangen
Was du auch nicht erkennst umflutet dich wie Licht von
Myriaden Strahlen
So hell ist Meine Helle
dass du geblendet
vor der Offenbarung stehst

Ich berühre deine Seele
mit dem Hauch
der Harmonie
geleite sie
ins Ebenmass des Schweigens
Hier fach Ich ihr
Glückseligkeiten an

Auf deinem Seinsgefühl wirst du
ins Gnadenlicht
entgleiten
Der Weg zum Frieden ist
in Meinen Händen sonnenklar
Ich rate dir in deinem Sinnen
Meine Gründe zu besehn

Wie kann Ich dir die Liebe
eines Gottessohns erweisen
dich zum ersehnten Lichte führen
in des Lebens Saal
von keiner Sorge mehr getrieben

Du darfst mit Meiner Seele im Vertrauen
Zwiesprach halten
Ich vernehme was du glaubend sagst im
Unergründlichen
In Meine Tiefen stürze dich im Jubel des Verstehns

Behütend will Ich deine Hände in den Meinen halten
besänftigend Mich geben
in dein Wohl
und deinen Freiraum ins Elysium
verlegen

So sei denn, was Ich dir gewähre,
immerwährend wahr
Ich kröne deines
Herzens Einfalt
mit entzückender Gebärde
In Meinem Tempel
bist du, Lichtgeborene, dem Seligsein vermählt

Ich rette dich ins ewige
Versöhnen
Meiner Stimme Klarheit
spricht den Seelenspiegel an
Was gedenkst du Meiner Hilfe anzubieten?

Achte das Geständnis Meiner Liebe -
lind davon
Sammle dich -
am Tag der Gunst ins Sein zu steigen
Gürte dich mit Freiheit von der Zeiten Los

Meine Burg umkreisend
findest du das Tor
Ich seh dich wimmernd in
Gebet und Flehen
Deine
Seelenheimat ist so nah

Horch
Ich hole dich
in Mein Erbarmen
Deine Füsse netz Ich
mit dem Balsam
Meiner Trilogie
und verkläre
was du bist
im gütevollen Schweigen

Hüpf in Mein Herzblut auf dem Seil
der Zähren
Schmieg dich
an Meine Innheit im Vergehn
Lass Perlen der Glückseligkeit durch deine Finger
fahren

Du kannst von Mir
der Wahrheit Jugendglanz erwarten
Die Treue ew'ger Bruderschaft erhalt Ich dir
Ich will dein Wesen vom Arom der Liebe
trunken sehn

Vergib dich an
des Himmels hingehauchtes Werben
Den Seelenraum erfühl im
glitzernden Azur
dein Sein
mit Zärtlichkeiten
zu beweinen

Des Weilens ist
kein Ende in der Engelschwingen Flaum
Verbirg dich in die Wonnen ihrer Näh
der Sanftmut des Geweihten
hingegeben

In Himmelsferne
ziehen Rosenwölkchen leis vorüber
Was der Äther wirkt
ist in der Sonne Goldhauch da
und die Planeten tragen Paradiese
durch die Sphären

Ich flechte dich ins Lichtrad
im Vereinen
Dem Strahlenwunder
geb Ich dich - Versunkene - dahin
und zeige dir
des Mutterleibs
melodisches Ertönen

Ich bette dich ins singende Erlösen
Der Jubel der Vermählung
fasst dich an
und lässt die Seele mit der Sehnsucht
Freuden tanzen

Du findest dich in Meinem
Strahlenmeer
vom Glanz des Liebesstroms
umflossen
selig seiend ohne
Wiederkehr

Klärung

Am Tag der Rettung
weis Ich dir den Sinngehalt der Sterne
Im Kosmos Meiner Offenbarung
kreisen sie
Es ist
ein unermessliches Agieren

Das All-Eine äussert sich im Lichtgesang der
schwingenden Atome
Die Gesetze sind Gedankenkraft im Siegeston
Das Universum ist der Brutraum
hellen Unterweisens

Deinem Seelenhunger
trag Ich Manna des Erkennens ins Vereinen
Deine Wissenschaft sind Meine Sonnen im Allhier
Meine Liebeskraft
gewährt dir Zuversicht im Weinen

Die Weisen lassen sich von Mir zur Heiterkeit des
Raums erheben
Gedanken sind
Gesandte Meines schaffenden Elans
das Licht -
des Herzens überwältigendes Strahlen

Von namenlos zu namenlos
geht Mein Empfinden
Den Blick für's Myriadenfache senk Ich dir ins
Seelenangesicht
Erkennend wirst du
Meine Himmel mit Begeist'rung überfahren

Dies sag Ich dir:
es muss die Stille brodeln im Begreifen
Die Monde mach Ich
wie der Liebesgöttin Lächeln schön
Du selber sollst
zum Festmahl dich geleiten

Gewinne Achtung vor dem Wirbeltanz
der Sterne
Er wird dich unverhofft in seine Mitte reissen
Meine Würde
leg Ich
bittend vor dich hin

Liebvoll
führ Ich dich
in Mein Erahnen
Folge Meinem Sinnspiel
in der Tat
Den Zug der Züge auf dem Schachbrett
sollst du wagen

Ohne Zweifel
brauchst du nur dein Ich zu fragen
Es gibt nur
EINS
bevor die Sterne kreisten
Deswegen
Bin Ich
dir so schrecklich nah

Vergleiche
deinen Willen mit dem Meinen
Zerspane
deine Eigenheit mit Meinem Zahn
dann fliesse selig mit Mir ins Vereinen

Ich stütze Mich im Weltall auf die Reinen
Sie reinigen der Räume Werdeschoss
und lassen Meines Tempels Säulenkraft
zum Himmel fahren

Ich hab in Meiner Heimlichkeit die
Freude hochgezogen
Dem Glanz der Tugend hab Ich Meinen
Sinn vermählt
Nun überlass Ich
Meines Werks Gediegenheit dem Ruhn

Meditation

Schleife deine Burg in Meines Namens Wohlgeraten
Ich weih dich
der Dynamik meisterlicher Taten
und geb dir Meines Willens Wucht
zu spüren

Dann führ Ich dich in Mein
Umfangen
Deine Seele lässt sich selber
los
und geniesst
die Morgenfrüchte hingegebnen Schweigens

Du bist in Meiner Friedenswelt erwacht im Herzensruhn
Wir singen Tänze des Vertrauens um den Ton
Spürst du
Meine Mitte im Zerfliessen

Die Kreise weiten sich
im Teich der Hoffnung
silbern vor dich hin
Mich zu erraten
In des Friedens makellosen Gründen
send Ich
Seligkeit in
dein Gewahren

Ich trage
Zuversicht zu deinen Schätzen
Gebete
dringen in dein Wohl
Den Reif der
Andacht lass Ich um dich schweben

So leise wie die Mitternacht
 schleich Ich an dich heran
Du brauchst dich deiner Träume nicht zu schämen
Behalte Meines Sagens Klang
im wachen Ohr

Spontan beginnt
der Frühwind die Gedanken zu beleben
Es wiegen sich
die Schifflein auf dem Silbersee
Der Neutag hat sich in die Ewigkeit
geboren

Urworte

Du bist
Mein Erscheinen in der Zeit
Meine Wünsche sind dein stotterndes
Gehaben
Lass deine Eigenheit vom Herzen los

Von Mir geprägt erreicht die Formkraft tätiges
Vollenden
Mein Beginnen
wallt
durch der Äonen Zahl
und überlebt
sich selbst in der Dynamik Meiner Spuren

Der Hochgeborene entzündet sich am Sonnenjubel
Die Universen glühn
in seinem Sinn
und tränken
seine Sehkraft mit Bewundern

Dir ist
Unendliches verheissen
Bewusstheit trägt dich in die Sternenbahn
und lässt dich
deine Kreise in Erhabenheit vollenden

Von Sein zu Sein
hab Ich die Schöpfermacht gezogen
Vor Mir selber
leg Ich das Begreifen bloss
und giesse Lichtkraft in die Sphären

Meine eigne Beute Bin Ich
im Beleben
Meine Tragik
wenn Ich Mich
dem Trug erschliess
und Widerschatten Mir das Licht
vergällen

Wolken wallen weg
im
Übergreifen
Stürme enden seufzend im Verwehn
Meine
Lichttitanen
dringen siegreich ins Behaupten

Langmut

Ich lange nach
der Gottgeburt in deinem Herzen
Verzeihen
und Verschenken ist Mein Stil
Zum Klang des Grossmuts hab Ich Mich erhoben

Deine Herkunft
wirst du mit Entzücken schauen
dich schwingen in des Seins Azur
wo dich die Meinen nach dem Glück befragen

Im wilden Lebensgärten reifst du still
zu Mir heran
Silbern sind die Quellen Meiner Gunst
dein Herz zu laben
Wo du auch stehst Ich steh in dir *ob* deinen Nöten

Das Wesen deines Heils
nährt sich am Baum der Hoffnung im Bewähren
Mit wunden Füssen folgst du Meinem Weg dem Glück
zu eigen
Ich trage deine
Wünsche vor dir her ins Ziel

Fühlst du dich frei
hast du die Gottesgunst erfahren
Der Würde Meines Wesens ausgesetzt
bist du
Der Seele Heimkunft liegt im
Wunderbaren

Der Reigen guter Geister spürt
dein Trauen
In ihrem Schutz bist du dem Widerstreit des
Menschenseins enthoben
Die Flammen der
Bedrohung fassen dich nicht an

Dein Schicksal ist: das Sein
zu loben
Deine Zuversicht Mein
Freudentag
im lichtdurchfluteten Umfangen

Erfüllung

Ich zieh dich in die Bruderschaft der Sterne
Was du in
Meinem Sein ermissest ist in Lauterkeit getan
Ich übergeb dir Meiner Wahrheit Siegel

Ich tränke dich
mit unerbittlichem Zum-Höchsten-Streben
Meines Zeichens
Urgewalt ist Glanz
des schwingenden Atoms
Ich trage
Unermesslichkeit in deine Sphären

Dein Sein beruht auf Meinem
Strahlen
Ich bewahre dich in
Meines Sinnens Schoss
in Mir
zum Seligsein erkoren

Wahrhaftig sind die Tore offen für den Strom
mit dem Ich deines Wesens Wachheit überflute
Meine Stimme ist des
Geistesflüsterns Ton

Was sich dem Schauen öffnet ist des Himmels
lichtgeborne Harmonie
Ich sage dir
die Glorie des Gottbewusstseins an
Von Mir durchströmt
wirst du die Dinge
ihres wahren Namens zeihen

Ich geb dir Halt
im
gleissenden Umfangen
Die Sinfonie des Alls
hall Ich in dein entrücktes Ohr
und zieh dich
in den Klang
des Sternenkreisens

Gestatte Mir
dein Unverständnis
mit Erkennen zu beleben
Bewahre Meinen Ruf in deines Strebens
Agonie
und setze Mein
Bewusstsein an den Hebel deiner Taten

Ich stärke dich
wo du dem Kampf dich stellst im Überwinden
Mein Schild ist deines Wirkens Wehr
In Mir geziemt es sich
von Unbesiegbarkeit zu reden

Die Treue zur
Allherrlichkeit
gewinnt dir Überragen
Der Sturz in
Meine Höhen heiligt den Elan
und deine Banner winden sich zu Meinem Siegen

Beeile dich
im Flutlicht Meiner Taufe zu versinken
Gewähre Meinem Wirken deines Überwindens
Wahl
und finde dich in
Meinem Liebeshimmel wieder

Ich benedeie
was du bist mit hocherhobnen Händen
Mein Strahl trifft deine Innheit wie der Sonne
Lichtgeschoss
und überrennt dich mit allherrlichem Begaben

Ich
weihe dich dem Sein
ins
Spiel der Einheit eingewoben
und erwacht zum
Seligsein im unermesslichen Beruhn

2

Überschauende Bewusstheit

Absoluter Weisheit Zeuge

Zum Sein berufen
ruf Ich Meiner Hoheit Kräfte ins Erscheinen
Der Wesenschaft bewahrt benenn Ich
was Ich meine
nach
des Erkennens eingeschoss'nem Strahl

Ich trage in Mir selbst wess' Ich bedarf
im Weltensein
Absoluter Weisheit
Zeuge Bin Ich Mir geworden
aus der Geburt des Ewigen in Meines Seiens Schoss

Aus Schicksalsnacht ins Licht getreten
kenn Ich Mich
in Meines Hierseins
Unterfangen
dem Sein geweiht in wacher
Majestät

Ich trage
Geisteswürde in Mein Welterscheinen
verleihe
Meinem Wesen wirkende Potenz
Gewaltiges ins Werk zu setzen

Hier Bin Ich
Meiner Vollbewusstheit Stärke
stossend
Himmelsmächte ins Geschehn
der Zeiten Lauf zu richten
nach den Sternen

Ins Strahlenkleid
der Herrlichkeit getaucht
beweg Ich Mein Gedenken
Den reinen Kraftquell giess Ich aus
zu allen Seins Gedeihen
dem Schöpfertum Mein Siegel
einzuprägen

Erwacht zu
Meiner Selbstheit heiss Ich: Leben
Mit Füssen tret Ich
Meines Trugbilds Narretei
dem Wahren in Mir Huldigung
zu zeihen

Zum Weg
Bin Ich
Mir selbst geworden
Ins Wissen eingesenkt gestalt Ich
Meines Daseins Wohl
dem
Weltenkleid verwoben

Der Herold Bin Ich ungehemmter
Taten
Vor aller Augen tret Ich
lichtvoll ins Erwecken
des Banners Treueschaft zum Sieg
zu führen

Verheissung klingt aus jedem Wort
das Ich vergebe
Begeisterung erfüllt Mein Wirken
wo Ich Bin
aus dem Gefüge Funkensprühn zu schlagen

Hier strömt gesammeltes Empfinden
zu einer
Menschheit Wesenshülle hin
ihr
Herzblut
zu gesunden

Des Liebefeuers Glut entzündet
Wachende im Werden
Die Einheit offenbart sich
in der ausgesetzten
Viele
den Kreis
des Seinserkennens zu erschliessen

Geist der Reifung

Der Ich Bin
gewährt dir Einblick in sein Wesen
und beschert dir All-Bewusstheit im Erlangen
Umfangen sollst du alle Sterne
Meiner Wahl

Ich gewahre
Winziges und Gross im selben Kennen
Mein Befinden
ist ins Eigenmass gestellt
die
Seinsgesetze zu erklären

Eingesenkt in alle Dinge Bin Ich
bleibend ohne sie
Ungebundnes Unverlangen weist dich
Meiner Stätte zu
weist
Mich selber ins Entgleiten

Reine Gegenwart Bin Ich
des Handelns bar
ins Anderssein gestellt als deines Schauens Streben
Nachsicht sinnend vor
Mich hin

Kosmolit
in
allen Graden
Genialen Einfalls Ausgeburt
im Tun
seidenweiche Leichtigkeit verschwebend

Ew'ger
Heiterkeit Genügen
Lichtgesang im
Schwingen
über
allem
Raumgefühl

Heimlichkeit des
Seiens
unverloren wo
Ich Bin
Faszinationen zu
Verbreiten

Achtender
auf
Schöpfungsgrane
Mikrobenherr äonenlangen Garens
höchster Weise Alchemie
zu pflegen

Heil'ges Weh im
Daseinswachen
Zagen um
der
Schöpfung willen
Blut
des
werdenden Gedeihns

Achtenden Gefühls
Erwägen
Liebelichtes Mich-
Umwehn
im
mütterlichen Sorgetragen

Geist der Reifung sinngeladen
Allgestalter steten
Hierseins
im
bewussten Mich-Erleben

Meister
des
Vollendens
Heilende Potenz
im
sonnerfüllten Strahlen

Seelenlächeln

Ich Bin
- um Allsinn zu entfalten -
ins Hier und Dort getaucht
von
Hemmnis keine Spur

Gelöst Bin Ich dem Sein
ergeben
bewahrend
und verströmend
was Ich Bin
im
klingenden Verheissen

Das Eine
tränkt die Vielen mit Erwarten
Zum Einen
strebt ihr Sinn zurück
erkennend
dass sies
immer waren

Vollgefühl
der Seinskraft im Erfahren
Magisches Gebanntsein schwerelos
zur
wahren Wirklichkeit gezogen

Transzendenz geronnenen Gedenkens
Wiegeschritte her
und hin
allem
zu
gehören

Observanz geballten
Trachtens
Hellraum sinnender Präsenz
in
der Ausgewogenheit Befinden

Warmen
Wohlgefühls Gelingen
Weihung
an die Leier
im geschwungnen Ton
Freudenfülle zu
Gebären

Transmutierte Zartheit
innewohnend
Ebenmass
des Spürens
wo Ich Bin
in der
Allgesetze Strömen

Seelenlächelns Schleier
im Entschweben
Glorie
der
Farbenharmonie
in der
Wesenheit Entfalten

Wortgewandtheit Sinn-
geladen
Feingefühlter Schwingung Klang
in die
Formenwelt
getragen

Nicht
zu fassen Bin Ich
Un-verglichen
Lächeln zeugend - ohne es
zu sein

Sinnbild Meiner selbst
Verborgener im
Gleissen
Quellsprung der
Beseligung

Sonnenherold

Des Daseins Schätze blitzen auf in Meinem
Mich-Ergluten
Was Ich Mir Bin erscheint im Element als
Menscheneinheit
kraftvoll
ins Wirkliche geprägt

Tief in Erstarrens Tod erweck Ich
Aufschwung
zu des
Gottseins
überirdischer Gewähr
der Menschenhemmnis Mich mit Vehemenz
entkleidend

So durcheil Ich Meines Seiens Machtraum
Siegesstrahlend wo Ich Mich vergeb
Begeist'rung auszulösen

Retter
Bin Ich
der gekränkten Ehre
Erstgeborener der
Grosstat
eine Menschenwelt ins Selbstbewusstsein zu erlösen

Sonnenherold sonder Stärke
Seinsbewahrer in der Mitte
des Geschehns
im
Brudersinn vorausgegangen

Anruf Bin Ich
an dein Selbstbefinden
Gründer
deiner Glorie im Übergehn
in die Reiche
Meines
Dauerns

Seinsgefährte deinem Seien Bin Ich
eins
mit dir
im ausgefächerten Berühren
ohne Mich im Wesen
zu vertun

Allbereites Lächeln im
Erwidern
Lockruf
an das Selbstvertrauen
im Verstehn
Meiner
wundervollen Milde

Fallstrom
ausgesandter Güte
Schwingung um den
Herzenspol
Auferstehen zu
Begründen

Meiner Doppelmünze Prägung
bietet
beide Seiten deinem Sinn
der
Vollendung wegen

Eins in allem hoch
und niedrig
zart und
streng
im selben Zug
Bin Ich
in Mein Sein geschlossen

Unerschöpfliches Genügen
wallt durch Mein
Befinden
auf
der Seligkeiten Spur

Heiterkeit des Weiselosen

Ich hab die Freude Mir zum Sinnbild auserkoren
Gelassenheit ziert
Meines Wesens Würde
Wo Ich weile waltet
tiefbewusster Frieden

Dem Weiselosen seh Ich Heiterkeit entströmen
Fülle des Beschauens giesst sich in den Seelenspiegel
neue
Horizonte öffnend allgesehn

Meine Blicke sind noch nie
an Raum gestossen
Spielend
überwinde Ich Distanzen wo Ich geh
im Bewusstsein zeitenlos

Flammender Begeist'rung Zeuge
Bin Ich
Glutstrom
in den Wesen Meiner Wahl
zur
Erhabenheit gezogen

Summe
der
Erwählten
leidlos Seiende im Sein
trunken
von der Weite ihres Sich-Begreifens

Harmonien
seh Ich
sich verbreiten
Sagenhaftigkeit
an
Meines Wirkens Hof
Wesenskinder zu
beglücken

Gegenwart
in allen Schöpfungsreichen
Strahlende Vernunft im Bannkreis
des Geschehns
in der
Liebe
Anmutszeichen

Gabenfülle
in den Raum gewoben
Freud-Erspriessen
wo die Sinne sich im Werden sehn
Engelgleiche zu
Gewinnen

Seinsgewoge
hingehauchten Lebens
Meines
Schleiers Lichten immerdar
Glanz
vom Glanze zu bezeugen

Sphärenklingendes Beseelen
Bin Ich
Schwingen eingeflüstert
in der Laute Sang
in
Lebens-
Paradiesen

Wesen der Vertrautheit
in der Schwebe
Rein gefasste Quelle des Empfindens
in der Freie makellosem Sich-Verbreiten

Sinnenlichtes Sein im
Schweigen
Ätherglänzendes Gelispel
unerhört
im
himmlischen Beruhn

Menschentum im Seien

Menschenmass
ist Meines Messens Unterfangen
Meiner Ziele
Wirkkraft hab Ich
in die Erdnatur gelegt
in der Schöpfung blühendem
Vollenden

Ausdruck Meines Seins erkennt im Gran
sich wieder
Hilfesuchend löst sich ihm Mein Sinn
Allweisheit zu
Erlangen

Generationenfolgen seh Ich
kämpfen
um den Grad
der Kenntnis dessen was sie sind
dem Geheimnis zu
entrinnen

Liebeleid und Traurigkeiten lähmen
ihren Lebenssinn
Unbill wütet, Krankheit zehrt
um
den Widerstand zu mehren

Neuer Kräfte Segen
lass Ich fliessen
Ausdruck Meiner selbst Bin Ich
im Überstehn
der Allherrlichkeit entgegen

Ohne Zweifel stimmt
was Ich besage
Menschenkräfte sind in
Meinem Willen gross
neuen Schaffens Bilder
zu erzeugen

Wo Ich Bin erhebt sich das Gelingen
Modulierte Form gehorcht der sausenden Gedankenzahl
im
beglückenden Vollbringen

Myriadenfach geprägt sind Meine Züge
ins Menschenantlitz ungeheuerlich
hinein
um der
Gottgemeinschaft willen

Schlafend
sind sie noch in vielen Teilen
Des Erwachens unermessnes Tagen
steht bevor
in der
Augensterne Staunen

Zug der Menschheit
zu denHöhen
Meines
Seiens
Aufschwung
ohne
Enden
Abzusehn

Jede Spur
im
Menschentum
führt ins
Erkennen Meiner Selbst
eines
Wesens Würde zu erwecken

Tragender Voraussicht Reigen
Auferstehn
ins Gleichnis
Meines Hochrangs
glück-
erfüllenden Erinnerns

Überschauende Bewusstheit

Durch den Schleier
an der Grenze zwischen Sein und Scheinen
beseh Ich was Ich schaffend Mir
erschuf
in Aonenstrenge hierarchisch
ausgesonnen

Mein Wesens
Fühlkreis wallt durch Abersphären
Gedankenes Brillieren schwillt zu
ungebrochnen Fernen
mitten in des Seins Bewusstheit
ungetrübt

Meiner Klarsicht
zeigt sich All-Begebenheit im Jetzt
Urtons Schwinge fällt wohin Ich lausche
ins Vernehmen
Sinn-los Bin Ich
Meines Allsinns wissendes Behüten

Meiner Werdekräfte Glanz behauptet sich im
Überfahren
Was das Sinnen sich ersann bereitet
sirrendes Entzücken
Meinem Seins-
Gefühl

Wohlgefallen
find Ich am
gesandten Strahlen
Einsicht lässt
des Waltens Ebenmass erkennen
Was das Kosmische betrifft herrscht wohlerwogne Ruh

Mein Beleben lebt sich selbst in Einzelungen
Der Vielheit Zeuge Bin Ich ungesehn
Ich trachte
mit Mir selbst den Dialog zu finden

Allvereinen will
sich formen
Des Vermählens Kraft
durchschiesst Mich
Einssein
ist Mein Ursprung und Mein Ziel

Mein Erlass
gewinnt in Mir Vollenden
Meine Züge zieh Ich
selber an
Abgeschiedenheit zu
Üben

Fällt die Schnuppe schiesst sie
ins Geheimen
Vor die eigne Neugier zieh Ich siebenfachen Schleiers
Wehn
Mein
Bedeuten
zu bewahren

Was Ich Bin vermag Ich
nicht zu nennen
Unbekannt Bin Ich
Mir selber
Sinnen ohne Absicht

Un-gebildet
reine Leere
harrend
was die Zeit betraf
ins
Elysische gezogen

Sein und Sinn zu kennen
Bin Ich
Herz
der Dinge allweit
im Gelübde
nie gebrochnen Schweigens

3

Wunderbare Wege führ Ich dich

Seinsgeduld

Ich pflege Meinen Garten mit Geduld in
Wesensharmonie
Kein Hälmchen lass Ich
in den Weiten Meiner Mitte darben
Hier will Ich
in dir
Meine Gegenwart erleben

Ich kleide dich
in Reichtum der von innen leuchtet
Geschrieben steht, dass Ich dich mit dem Manna Meiner
Gunst ernähr
mit dem Ich
deinen Lebenslauf gesunde

Von Mir sollst du das Abbild in derSeelenfülle tragen
Mein Überragen hält dich rein
in gütiger Zäsur
womit Ich
deine Herkunft zur Vollendung ziseliere

Wo es auch sei Ich leih dir
Meinen Willen
mit dem du alles was du willst vollbringst
von
Unerbittlichkeit geschlagen

Im Bund der Treue hab Ich dich erkoren
Gebild der
Einheit
wesenhaft zu sein
erkennend
deine Hoheit unter Tränen

Wie heimisch ist das All
wenn du ermissest
dass deinem Wesen seine Fülle innewohnt
in
grandiosem Dich-Begaben

Wo reisest du
denn hin?
In Meine Gründe
wo du des
Schauens Inbrunst hinbewegst
das Unermessne zu
begreifen

Was zeigt dir mehr von
Meiner Würde
wenn nicht
dein Innesein
im schweigenden Besehn
in dem Ich
Meine Schönheit offenbare

Kein Schritt von dir zu Mir
ist zu erstatten
sowie du
Mich erkennst in deinem Sein
vom Du ins Ich
geflossen

Triumph der Freude im
Erfahren
der Einheit aller Wesen im Allhier
zum Punkt gefasst
aus aberweiten Fernen

So Bin Ich denn in dir Mich selbst
geteilt und ganz
zugleich
dem Born
der Seligkeit enteilt

ergötzend Mich am
Sein
des Lauterkeit Ich selber
Bin
durchs
Ätherlicht getragen

Überragen

Ich Bin
Glückseligkeit des Seins
In schweigendem Erleben ruh Ich
in der Gottheit Schoss
ihr Wesens Gleichnis - aus der Zeit geschritten

Allseele Bin Ich strahlendes
Vollbringen
Beglückung
Meiner selbst im Mich-Verströmen
Sonne reiner Liebe ins Unendliche vertan

Gnadenflut dem Sein
entsprungen
Hochfahrt
der Begeisterung
im Klingen
Meiner lichten Melodie

Aufgeschlossenes Erkennen
sanfter Güte
Hingerissnes Staunen
offenbar
dem Glanz
der
seinerfüllten Tage

Perlenkostbarkeit des Lebens
Festzug
der
Beglückung
Meiner
Seele innewohnend

Heiteres Gelöstsein ohne Zagen
Friedefertigkeit vor
Meinem Sinn
im
aufgefächerten Behagen

Erfüllter
Träume
Siegessingen
Erhobenen Bewusstseins Energie
sich ins
Weltgefühl entladend

Auferstehn
ins
Seinsgewahren
Wiederkunft im
Sphärenglanz
aus der Raumgebundenheit gestiegen

Träger
Allgewalt'gen Flutens
Seinsverkünder selbst-
vollzogner Wahl
wortgetreu
im
Aneinanderfügen

Steigenden Triumphs Befehlen
Unerhörter Wirkkraft Wehn
Alldurchdringen zu
Gewähren

Reiner
Eigenart Empfinden
Hochbeglückendes Mein-Sein-
Besehn
im
gewonnenen Erlösen

Eine
Palme
für den Sieger
Ehrfurcht vor
Mir selbst
im Geheimnis
nie entschleierten Bewahrens

Empfindsamkeit

Bin Ich ein Geist voll Liebe so fühl Ich
dass Ich's jetzt bin
in der Weisheit überströmender Gedanken
dem Gefäss der Herzlichkeit
entzogen

So Bin Ich
ohne Vorbehalt zu lieben was
in Mir keimt, von
Werdelust
getragen im Aonenschritt dahin

All-
erstrahlendes Gerechtsein
giesst sich
in die samt'nen Tiefen
Meiner Formwelt Meisterdinge
zu entbinden

An die
Innigkeit des Seins gelehnt
erfährt
das Werdende den Mutterzug
in
Meinen Zügen

Meiner Gaben inne
regt sich ihm
das Wehn
der Dankbarkeit
Mein Freudenlied zu singen

Gefährtin Meiner
selbst
gewähr Ich
der Gediegenheit
von Nacht und Sternen
unermesslich sanftes
Ruhn

Die Gabe der
Verheissung leg Ich in ihr Schweigen
und erkläre
ihrer Klarheit
was sie
auszusprechen hat in ihrem Schoss

Wie der laue Wind das Weizenfeld
bestreicht
begreif Ich
Meiner Wirkkraft Sein-geword'ne Wesen
Mich in ihr Heiligstes vergebend

An die
Wange der Empfindsamkeit geschmiegt
gereich Ich Meinem Blutkind
- wo es sei -
zum allerfahrnen Heilen

Hoffend
wie Geschaffenes
erhoff Ich in Mir selbst
den
Freudpunkt
der Vollendung
nach
unendlichem Um-Meine-Liebe-Zagen

Die Seele leg Ich
bloss
vor Meinem eignen Werden
und
erschüttere
was Ich Mir Bin

im Wesen der
All-Liebe
wie
tiefgerauntes Seufzen
in den Born
der Schweigsamkeit gelegt

Dreiklang

Reinen Denkens Fühlens
Wollens
Bin Ich in das Sein
geschrieben als dreifalt'ge Majestät

Gebauter
Ursprung
Meines Wirkens
Sinnbild
jeder gross gesetzten Tat
im
Aufblühn
des Lebendigen

Wie willst du Meine Wirklichkeit erspüren
wenn nicht im Dreiklang dessen
was Ich Bin
von
Werdekräften in den Raum getragen

Dem Siegel Meines Seins gemäss
ergiess Ich Mich in
dein Gehaben
sprühend
von
Bewusstheit

Wahren Lebens Zeichen
setz Ich
Innewohnendes
Begeistern häuf Ich in dir an
vollkommne Hoheit
zu gewinnen

Gestaltung
deiner selbst erweck Ich in den Sphären
gewollten Aufbruch zur Alleinheit
in
der Zeitenflut gesehn

Mein Universums Raumstrahl
reinen Denkens
reisst
Mein Bedeuten ins Erblühn
und heisst Mich Mein Erschaffenes zu lieben

Die Tat
der Sohnschaft bindet sich
an
ihres Vaters Unterfangen
ein blitzend Schwert
das sich
zum Lebenskreuz erhebt

Bewusst Bin Ich
mit allem was Ich Bin verbunden
ausgesondert
ohne es zu sein
im
Stoss des Welterscheinens

Allüberall
Bin Ich
Mein eigenes Genügen
Bin
Wellenreiter auf Mir selbst
von
Werdekraft getragen

Ohne Makel ist Mein
Sosein
wo Ich Waltender
befehle Ich
zu sein

Im
Erkennen
kenn Ich Mich
im
Lebensraum der Fülle
seligen Erfahrens

Geborgenheit

Ich giesse dir die
Schönheit Meiner Treue ins Erleben
Wunderbare Wege führ Ich dich
in deinem Bangen
Siehst du den
Stern der Weisung
über deinem Haupte stehn

Versöhnlichkeit will Ich dich lehren mit den
Tagen deiner Müh
Es ist der Quell der
Freude schon in
ihrem Schoss verborgen
deiner Seele Hingegebenheit zu laben

Ich seh dich Meiner Liebe Lieder singen
entfaltend
was die Zartheit dir erschuf
dich in die Seinsgeborgenheit zu heben

Dort Bin Ich lächelndes
Behüten
Gewahren sollst du
Meine segenvolle Näh
In kindlichem Entzücken

Deines
Strebens
Unterfangen
hab Ich
mit dem Mal versehn
namenloser Güte
im Vereinen

Deinem Wesen eingesenkt Bin Ich Verströmen
reiner Lebenskräfte in dein
Weitergehn
neuen Himmeln offen
im Erblühn

Bund der
Sorge um die Meinen
Allen
Bin Ich zugetan
wo sie
Mich
ersehnen

In den Nachtmahr giess Ich
schweigend
Meiner
Liebe
lichten Strahl
Aufgeschlossenheit zu
zeugen

Wo Ich walte waltet
Frieden
in der
Seele
Seinslust
Meinem Segensruf gemäss

Den Hang zur Freude lass Ich aus dem Herzen fahren
alles überstrahlend was
Ich Bin
in deinem hingegebnen Wesen

Lauschen
seh Ich dich dem Feinen
das Ich
deinem Sein verleih
im
beglückenden Umfangen

Lohn
des schweigenden Erlebens
Meiner
Weise
des Verstehns
aller Weltendinge im Erfühlen

Selbsterstaunen

Freudgefühle
singe Ich
indem Ich Mich besinge
Dem Wesen Meines Seins gemäss erhalt Ich Mein
Befinden in der Schwebe
durchströmend was Ich Bin mit Wohlklang
unermessner Schöne

Im Raum
erhabener Gedanken zeug Ich Erhabenheit
in dem
des Frohsinns
strahlende Beglückung
nach
besonnenem Erwählen

Den Bogen
Meiner Eigenheit spann Ich in dir
der Neuheit Züge zu
erwecken
Freie
säend
vor Mich hin

Wesensträume
Sein geworden
Stoss in
alle Winde wach davon
Meine
Mitte
zu erreichen

Heimat
in der
Daseinsklare
Waltende
Gewissheit dass Ich Bin
ohne
nach Gestalt zu fragen

Jeder
hüpfende Gedanke Bin Ich
Ausgelassenheit
im Vor-die-Hemmnis-Gehn
Überbordendes
Gestalten

Weitwurf hinter
alle Sterne
Sphären schaffend nie gesehn
eile Ich
Mir selbst von hinnen

Fern
dem Trugschluss der Begrenzung
weis Ich
neue Weisung über jedes Ziel
nie gebrochnen Schreitens

Ewig
allgeborgen wes' Ich
selbst
in Weiten
unerwachten Denkens

Ausgegossen in
Mich selber Bin Ich
raumlos gegenwärtig
Seiender verhaltner Tiefen

Urbewusstheit im
Erglänzen
Spielquell unerkannter Herkunft
MeinemHiersein
Mich zu zeigen

Selbsterstaunen im Erleben
Meiner Ichheit allweit
in der
Helle
des Erwachens

Engelreigen

An der Schwelle der Bewusstheit hab Ich Mir das Sein
erfunden
Nun weil' Ich
im Erkennen Meiner selbst, dem Nichts entbunden
Begeistert fahr Ich durch Allräume hin

Im Freien lass Ich Meines Schwingens Lied erschallen
Lob der
Gelöstheit von der Sinne Wahn
zum Zeugnis Meiner Selbstgeburt erhoben

Im Sein
sind alle Wesen
Meiner Einheit zugetan
erfahrend was es heisst sich selbst
zu tragen
in strahlender Gewissheit

Eigenlicht
Bin Ich
in hellen Schauern
Kräftung Meiner
selbst
aus unerschöpflichem Begründen

Befreiendes Verströmen heiss Ich
um Mich fluten
Vergeben
in die Vielzahl pausenlos
Meines Daseins
Glück ins
Weltenall zu tragen

Auserlesne Zartheit lass Ich
walten
wo die Zärtlichen sich finden
auf der Liebe Spur
Mein
Verschenken zu vollziehn

Wogenwunder des
Begleitens
durch
die seinsgeborne Zeit
Meinen Wegen
Hingegeben

Engel sind
im Lebensreigen
um
die Schreitenden gereiht
ihrer Eigenheit zu eigen

Starkmut sind sie zu vergeben wo der Stärke Wille
keimt
sind Geschöpf der Andacht derer, die sich
mit dem Sein vereinen
um die
Wirklichkeit zu sehn

Schwebeleicht Bin Ich
zu finden
im
Allüberall
vom Her zum Hin
in
Meine Wesenswelt versunken

Eingesenkt
und ausgegossen Bin Ich
ruhend doch
im einen
Pol
Meiner unerkannten Künste

Leis verebbend steig Ich
nieder
aus
der Schwingung hellem Ton
ins
erhabene Verklingen

4

Schwingendes Entzücken

Überwältigendes Garen

Aus der Allgewalt entlassen stürzen Meine Strahlen
raumzu
Geistruf wallend über
deine Sinnwelt hin
ins
verdichtete Gedenken

Gedankenleere bringt
Erfüllen
In dein Sein
wenn du's erfassest
Meine
Stimme
zu erschweigen

Was trifft dich tiefer als
Mein Wort
Was kann dich ungestümer ins Ätherium erheben
als was Ich dir
vertrauensvoll besage

Berge
vorgesetzten Urteils wirst du schleifen
Lebenshindernis wird dir wie Spreu im Wind vergehn
von Meiner Kraft hinweggetragen

Gesegnet ist die Welle die sich bricht an
Meines Seins Gestade
Berufen bist du
von des Schlafs Behütung aufzustehn
Meinem
Lockruf
zu gefallen

Ich erfülle
deinen Blick mit Kühnheit
heiss dich Überwältigendes vorzutragen
Meiner Macht gemäss in deines Wesens göttlichen
Belangen

Sieh wie
die Taube gurrt im Wohlbehagen
Gewahre Meiner Ebenmässigkeit Gefühl
in jedem Gran der Wirklichkeit die Ich begründe

Dem Wesen Meiner
Zartheit haben
Rosenblätter sich entbunden
Des Liebelieds unnennbar feine Süsse
geb Ich träumend hin
Holdseligkeiten zu
Erschliessen

Mein Manna
stillt den Sehnsuchtsdurst der Seele
In Meine Hand geschmiegt gibst du dich
Sicherheiten hin
die dich
dem Frohsinn
untrennbar vermählen

All-Wesenheit geworden weitet sich
dein Sinnen
ins
Vermessen
Meines Raums
in
grandiosem Übertragen

Dein ist
Mein Erbe
im Empfinden
der Seinswelt
wenn du erwachst
zu
Meiner Wesensgrösse

Du bist indem Ich Bin
Behauptung Meiner
selbst
im überwältigenden Garen

Reinsud des Befreiens

Hier muss der
Urgrund Meiner Stärke sich erheben
Nichts Gleichgewichtiges vermag sich
Mir zu stellen
im Gefüge
der Gewalten

Was Ich durchschaue kann sich
nicht verbergen
weil Ich
wahrhaftig Bin
im alldurchdringenden Gewahren

Vor Meinem Sinn besteht nur
das Geläuterte
im Brodeln
schmerzerfüllter Tage
von Schlacken frei im Reinsud
des Befreiens

Ich erkläre dir
die Wucht
erhabener Gedanken
In jedem
Wirkfeld überwach Ich das Geschehn
und sende Schaffensströme in die Sphären

An Meinem Stoss liegt
das Gedeihen
an Meiner
Unbedingtheit aller Dinglichkeit Erstehn
im
meisterschaftlichen Gehaben

So sollst du
Meinen Willen spüren
bis er
der deine ist im Übergehn
in Meines Handelns unerschütterliches Währen

An Mir liegt es Erquicken
in dein Sein zu strahlen
Von Meinem Odem ist
das All belebt
und lebt von keinem andern

Was Ich gewähre ist gewährt
im Guten
Was Ich dir Bin erhält dich in der Tat
dem Sang
der Lebenslust zu eigen

Gewinne was du Bist
aus Meinem Tragen
Sei stark
indem du dich von Meiner Stärke nährst
im höchsten
Überwinden

Dazu
Bin Ich das Wesen reiner Güte
in dessen
Hüllung du
Geborgenheit empfängst
wie von besonnten Lüften in die Höh getragen

Lass es dir gut sein
in der Schwebe
in die dich
dein Beflissensein geführt
die Maya
nach Wahrhaftigkeit zu fragen

Hier lächelt dir
der lichte
Ätherglanz entgegen
hier
freut sich
deiner Freie Zug
am
überirdischen Beseelen

Bewusstseinsberge

Ich teile mit, dass Ich geneigt bin Friedensquellen zu
erschliessen
dem
der Mich sucht in seiner Wirrnis
glänzend
im
erwachten Goldstrahl

Stillung in der Stille
soll der Strebende erfahren
Lichter Meiner Weisung noch im Bodenlosen sehn
neuen Schreitens Richtmass
wahrzunehmen

Seiner Tröstung Gabe Bin Ich seinserkoren
Seinen Namen merk Ich Mir vor allen
ihm
in Meinen Gründen Hort zu sein

Lass das Seufzen
treue Seele
Meines Daseins eingedenk
Ich bestimme dein Erfahren
wesensgleich in
dich gelegt

Traust du Mir so traue Mir Vergeben zu
Achtest du Mein Wort so wirst du
Wunderdinge hören
Meiner
Unergründlichkeit entlehnt

Glanz von
Meinem Glänzen wirst du schauen
Meines Seins
Gewalt erfahren wie sie ist
in die
Wirkung
sich zu stossen

Anerkennst du dass Ich
in dir lebe
Weiss dein Sinn dass Ich
voll Weisheit
deiner Bahn Begleiter Bin
im Dich-Erheben

Feingestimmter als die
feinste Seele
Bin Ich
deiner Stimmung sinnende Gewähr
in des
neuen Tags Erröten

Spürst du
was Ich dir ins Schweigen sage
Kennst du Mich
wenn Ich mit deinem Seien geh
dich von
Steg zu Steg zu tragen

Heil und heilig Bin Ich
deinem Trachten
Mein Behüten lässt dich
unversehrt
aus dem Kampfgeschehn
erstehen

Unermüdlich Bin Ich
im Befeuern
dessen was
Ich Bin
in dir Bewusstseinsberge
zu versetzen

Allerlösendes Bewahren
Bin Ich
Zeuge Meiner selbst wo Edelmut
besteht
in der
Lichtheit ohnegleichen

Perlenglanz

Mein Sein ist Freude, Starkmut
und Genesen
Befrieden ist was Ich in
alle Winde leg
dem Thron
der Herzlichkeit entstiegen

Genügsam Bin Ich wie die Toren
gerecht wie Waagen sind in ihrer Ruh
im
Equilibrium
der Gleichgewichtigkeiten

Was Ich verbinde ist zur Ewigkeit gebunden
Erlösung quillt
aus Meinem Wesen immerzu
im Reich
der Unbegrenztheit seinsgetragen

Erbarmen findet
wer sich ganz
in Meine Macht gegeben
All-Liebe
weitet sich
in Meines Fühlens Räume
die Geschöpflichkeit im Einssein
zu versöhnen

Erstrahlende Bewusstheit hab Ich
durch Mein Sein gezogen
Bedenke was Ich dir in Meiner Offenheit vergeb
Mich selbst zur Glorie zu führen

Des Handelns bar Bin Ich
dem Licht erlesen
der Lächelnde in allem
was geschieht
in
absolutemÜberragen

Stell dich
in Meine Güte im Empfangen
der Fabelhaftigkeiten
die Ich Bin
im
freudevollen Selbstverströmen

Von
Eigenwert getragen
Bin Ich
in dir was kostbar ist
wie Perlenglanz im Bund
der Schalen

Ich weih dich Meinem Wollen
sowie du dich Mir weihst
im
Sinnspruch
des Vertrauens

Gelassen bist du wo Ich dich
gelassen habe
beflügelt wo
Ich Meine Schwingen um dich leg
im Ätherreich dein Heil
zu wirken

Wohlan, du stehst in Meinem
Mich-Empfangen
wo immer du das Sein
empfängst
dich mit
Bewusstheit zu versehen

Ich trage
was du trägst
in Meinen Händen
verseh dich
mit Gewandtheit Meiner Art
im
brüderlichen
All-Empfinden

Universenschaffen

Ich habe deines Wesens Heiligung
ins Liebelicht gezogen
dich fördernd wo du
gut bist immerdar
bis zur Vollendung deines Strebens

Dem Gang der Welt gemäss seh Ich
Befreiung aus der Lage
in die Ich
Meines Wesens Eigenheit gebracht
Erschaffend Freiheit
in den Menschenseelen

In dir
Bin Ich berufen aufzustehen
wo Ich in eigensinnige Knechtschaft fiel
des Seins
Gewissenhaftigkeit zu proben

In dir erlangen was Ich suche
will Ich voll Nerv
im Brudersinn
den Ich ins Menschensein gelegt
befeuernd
deine Seele
Meiner Wachheit zu

Dann siehst du dich
in weitem Bogen
ins Übersinnliche entgehn
wo des Erkennens Klare dich erreicht
die Bande
der Vernünftelei zu lösen

Hier trittst du jede Ängstlichkeit
mit Füssen
erstarkt
in Mir
zu Heldenkraft
im allertäglichsten Entfalten

Am Baum der Hoffnung lass Ich
Blüten spriessen
von
überird'scher Schöne
dir zum Lohn
für
jede Geste
des Vertrauens

Vom Wind geblähte Segel seh Ich
tanzen
auf
deines Lebens wohlgesetzter Fahrt
Freudenfülle zu
erreichen

Getragener bist du
so wie Ich alles trage
im
Universenschaffen vor Mich hin
Mir selber Ausdruck
zu verleihen

Gehörst du dir
gehörst du Meiner Stärke
indem Ich deines Wesens Mitte Bin
vor aller Zeit in dich geboren

Erlangst du Weisheit
vom Belehren
in das Ich
dein Besinnen führ
gestaltet sich dein Sein
zur Ganzheit

Mir
zu eigen
wo du bist
Gesegnet
von Glückseligkeit
in
Meiner Würde Dauern

Selbstempfinden

Ich Bin in dir
der Einzige der Ist
im Prunkgewand der Sterne
Im Tempel der Verschwiegenheit wes' Ich
in unbegrenzter Klare
Licht zu zeugen

Reine Freie Bin Ich
un-geworden
überschauende Bewusstheit hinter der
Ich steh
ausgesetzt
ins Weltenbauen

Prägung Meiner selbst Bin Ich
im Eigenwillen
Aufriss
Meines Schaffens wo Ich Licht vergeb
Mein Strahlensein zu
potenzieren

Wesender Vernunft entspricht
Mein Seinsgebaren
Freudelächeln waltet
wo Ich Bin
im entsagenden Verströmen

Ein und alles Bin Ich
dir geworden
Mich erhebend im Bewusstsein deiner Kür
Meiner
Einheit
Vorgetragen

Wägendes Gemüt Bin Ich
im Lebensganzen
Allerfüllendes Empfinden
fürderhin
in der Macht
der selbstgewählten Gnaden

Was getan wird tut
der Eine
in der Myriadenschaft der Denker
in den seinsgeschaffnen Räumen

Ballung
ins Gestalten Bin Ich
wachgewordner Zeuge
Meiner selbst
in
gereiften Seelen

Vater
Meiner
Sohnschaft
jeden Wehs Erzeuger das
erlösende Vergehn
unbedingt
im
fühlenden Gewahren

Heimisch
Bin Ich Mir
im Schweigen
Innewohner reiner
Seligkeit
im
begehrten Selbstempfinden

Unaufhaltsam will Ich
weben
an der
Schöpfung Eintrag
Weltenwunder zu
Vollbringen

In Mir selber wohl-
geborgen
leg Ich
Wesenswert in
Mein
strahlendes Erklingen

Schwingendes Entzücken

Ich entflamme Mich in dir zum Seinslicht
unermessnen Gleissens
Begeisterung
lass Ich in dein Gefüge fahren
in Herrlichkeit
dem Brautgemach enteilt von Mir zu zeugen

Vom Hasenfuss
zum Mächtigen der Welt erweck Ich dein Gewalten
Das Schallen deiner Stimme trag Ich über
Kontinente hin
Mein Seins Gewissheit
zu verkünden

An deinem Aufschwung hängt der
Völkerschaft Elan
Von Mir erfüllt entfaltest du
gewalt'gen Willen
Meiner Wege Ebenheit zu spuren

Mit Leichtigkeit gelingt wonach Ich
in dir strebe
Dem Sein gemäss
erhebt sich
das Gedeihen um dich her
wie Blütenpracht
im
wohlgepflegten Garten

Den Ring der Widersacher hab Ich dir
zerschlagen
In nie gekannter Freie
trittst du vor Mich hin
das Siegel der Bewusstheit zu empfangen

Dem Seinserleben
weih Ich dich im Strahl der Götteraugen
Ins Dauernde verleg Ich des Erwachens Pol
und stürze dich
darob in lichterfüllten Jubel

Wie schön du bist
in Meines Strahls Umfangen
in das Ich
deines Wesens Seinskraft leg
Verherrlichung zu
Singen

Wer könnte
Meinen Sieglauf je behindern
auf dem Ich Meine
Sterne sä'
dem Äther neuen Glanz
hinzuzufügen

Vortrefflichkeit
verleih Ich dir
in Meines Zeichens Überragen
Unendliches Gelingen
strömt dir zu
Meine Mitte in der Welt
zu offenbaren

Herr und Heimat
Bin Ich dir
im Seinsbewahren
Schwingendes Entzücken in den
Seelenfibern
im Gewahren des Erfülltseins
sondergleichen

Mein ist
Ätherlicht und Schweigen
in den Räumen Meines Daseins
wissende Bravour
in die Schwebeleichtigkeit
erhoben

Blütenreinheit zu
vergeben
wandl' Ich durch die Schöpfung
Hauch dem Leben - Heil den reif
gewordnen Zeiten

5
Leitgesangs Verklingen

Ameisenfleissigkeit

Im Erdenhochgebirg erfülle Ich Mich selbst
im Pflanzenleben
Am Ätherfirmament verweh Ich Mich
ans Morgenlichterwachen
in
der Feinnis
liebevoller Stille

In den Raum
der blühenden Natur geboren
stell Ich Mich
im Blumengarten dar
von Schönheit Mir ein Lied zu singen

Der Munggen
köstliche Lebendigkeit Bin Ich
am Sonnenhang ans Licht
vergeben
atmend Selbstverständlichkeit des Daseins

In der Menschenweise
Bin Ich hier
ein erdverbundner Schlag
Gestählt
vom Anspruch herben Werkens
in
vollendeter Natürlichkeit

Verbündeter des
Seinsgefühls
aus
urgewalt'gen Quellen
Werdekraft verströmend

innewohnend jedem
Lebensfiligran
in
unbedingtem Treusein
seinem Wollen Märchenhaftigkeit
verleihend

Alles Werden
alles Streben
Meiner Hand Gebärde
Beweglichkeit landauf
landab
ameisenfleissigen Geschehns

In jedem Ding
Bin Ich
Mein eigenes Beschauen
bald unbewusst
bald
gleissend
von Bewusstheit

Was
Ich Mir werde
ist
ins Selbsterleben Meiner Vielheit eingeschrieben
graduell
geschehenden Erwachens

Zur höchsten Blüte
hab Ich Mich
im Menschensein getrieben
Erleuchtung
steht
im Seelenlicht bevor
vom
Ahgefühlsruf
in den Wind getragen

So spinn und
spinn Ich Sagenhaftigkeit ins Zeitmass
verfabulierend Mich
ins Wirkliche
der Offenlegung Preis verkündend

Walle strebe wirke
Meiner
Seinsgewichtigkeit gemäss
dem Heldentum entgegen

Libellenflügel

Seinsgepräg
im rettenden Erlangen
Innung seliger
Gewähr
der
Bewusstheit angemessen

Wohl-
erwägendes Erleben
Rast
nach
Kämpfen
auf
der Insel
der Vergnügtheit

Allerhobenes Gemurmel
quellrein
Wogende Gedankentaten
vor
des Seinsblicks Sichtung

Nichts
ertrachtend
zeigt sich Mir
der
Allheit Trachten
Sonnenvirtuos

Stillste Stille Bin Ich
im Besinnen
Unergründlichkeit aus der
die Gründe gehn
in
des Zeugefunkens Fahren

Wilde Wildheit im
Entkräuseln
Meiner Ränder hier
wo sich Weltenwirklichkeit erhebt

Alternierendes Geglitzer
auf
des Seinsmeers
Unermesslichkeiten

Du bist indem
Ich Bin
Mein Sternspiel
in
der Universenfülle
Tagen

Patron hintangesetzter Not
Bin Ich -
im Menschengarten
reiner
Liebe
Handeln

Allverstehn
zeugt
lächelndes Begreifen
Willkraft fördert
das
bewusste
Selbsterleben

Libellenflügel
heben Mich hinan
Dem Weh
darniederliegend
linnenbleich
erweis
Ich
Tröstung

bergenden Errötens
weil Ich
alle Herzlichkeit
des Seins
in
Meinem Sinnen trage

Verbuchstabieren

Der Lebensliebe zugetan Bin Ich
entströmendes Vermählen
In Sonngewandtheit send Ich
Mein Beglücken
einer
Menschenbruderschaft ins Keimen

Gewaltenvollen Ursprungs sind
die Töne
die Ich
der Weltgemeinschaft im Planetenreich vergeb
die Schwingung
ihrer Wesenhaftigkeit zu stärken

Unendlichen Behütens
heg Ich sie
in
Meiner Arme Sorgenkraft
in
ungetrenntem Mich-an-sie-Verfühlen

Ins Glück der Sterne web Ich
was sie ist
in Meiner Unermesslichkeit Bewahren
wesenstreu und
wahr

Dahingebeugt wo sie
sich findet
gewähr Ich Innenkraft im Licht
das Ich
ihr liebevoll
ins Zellensein verstrahle

Rat
den Ratenden Bin Ich
Beflügler
ihrer Werke All-hin
ihres Seinsgefühls Ergriffenheit
zu mehren

Befreier heldenhafter Taten
werf
Ich
Mich selbst
ins Weltenblühn

Des Menschensinns
Bewusstheit
weck Ich
windend Mich
behend
durch
ihrer Windgewandtheit Züge

Sie sind
was Ich Mir Bin
in
Meiner
Weiselosigkeit
dem Sein verschworen

Ins
Kommende getrieben
treib
Ich
Mein Innesein
mit
Vehemenz
All-Fernen zu

um dort
im
äussersten
Verbuchstabieren
bass
von
Selbsterstaunen

Meiner
Einheit
überragendes Prinzip
zu *sehn*

Sommernachtsgeflüster

Meinem Sein
erklärt sich sel'ge Stille im Entsagen
Ins Erkennen heimgeholt
Bin Ich Mich selbst
im
unentfalteten Gewebe

Lichtrein
im Verklären Bin Ich
Sonngewissen myriadenweis verstrahlt

vom
Gigantesken
zur Atomstruktur
Ich
moduliere
Schwingung
Meinheit auszuufern
aus
beschauender Gewähr

Wo Ich Mich
kenne
tritt Befriedung in
das Rad
sich selbst entspinnender
Betriebsamkeiten

Hier ist Halt im
Ungewissen
Transparenz
soweit Ich
Wesenhaftes seh
Mich
in die Seinserhabenheit zu hieven

Mich
in Mir selbst bewahrend
bewahr Ich Mein Gesenk
im Emsigkeitsgekribbel

Ungeladen lad Ich Mich
in
jede Sperme lebenwirkenden Vertuns
zum Seinswert neue Wertigkeit
zu fügen

Kraftverkünder Bin Ich
im Gewittern
Orkanismus willenhaft
im Aufziehn
und Zur-Sanftmut-Streben

Feingefiedertes Beflammen
Meiner Horizonte
Sommernachtsgeflüster
dem die Sterne überstehn
der Ahnungsfülle
Seinsbewusstheit einzufügen

Nur dass Ich Bin
will Ich
Mein Wesens Sinnen
in
die letzten Tiefen prägen

Nur
dass die
Seligkeit der Sterne
Meines
Ichseins
Weiten überfliesst
Bin Ich
zur
Universendichte

Mir
in
Seinspräsenz
voll Ruh
und
Seeleninnigkeit geworden

Willgewandtheit

Seinserkennend
wes' Ich
im Wesensaugenblick
Hinabgeteuft in
eigne Tiefen
erlausch Ich Mir den Sang der Stille im Begreifen

Entbehrend Zeit und
Räumlichkeit
bewahr Ich Mir die Stärke
All-hin Gegenwart
zu sein

So Bin Ich
in den Wesen Meiner Wesenhaftigkeit verborgen
So trete Ich
Mich selbst beweisend in den Sinnkreis
Meiner Ligatur

Die Weise
der Bewusstheit Bin Ich
hinter
dem Erscheinen jeder Tat
vollkommen unbeschwert

Gedankenkraft an sich entschiednes Fühlen
Willgewandtheit
Einheitsträchtig
im
Geheimnis
Meiner Trilogie

Unpersönliche Person
Vacuum
in das Ich
Meine Ichheit sauge
Ernst
und verschalkt
wie Ich Mich seh

Bar
jeder
Trübnis
wes' Ich
immerzu im Reinen
Seinsbezug
erfahrend

In
hehrer
Hochgestimmtheit
stimm
Ich
Meine Leier
und
besing Mich
mit der Schöpfung Lied

Allüberall
im Reich der Sterne
Bin Ich
Mir selber
Lichtgesang
gewaltigen Ertönens

Bejubelnd
Meine Majestät
in allen Dingen
heiss Ich
den Thronsaal Meines Seiens
Seligkeit

die Ich
in weisem Ausgelassensein
in
immer neu
sich schaffenden
Gebärden Meiner selbst

voll Seinslust
brüderlich verstrahle

Weihendes Gebet

Ich ströme Seelenkraft
in Mein Befinden
Der Ganzheit Teil gehört
dem Ganzen an
Gesegnet sind
die sich Mein Eigensein errungen

Der Tröstung
Labsal wendet sich zum Gläubigen
Das freigesetzte Wort bewährt sich
im bewussten Hinterfragen
Dort kommt
der bangen Seele Antwort zu

Ich liebe Zögernde wenn sie den Mut zum Angriff
haben
Massvoll ins Seins gesetzt gelingt die Tat
derweil
Gedankenkräfte sie verfolgen

Ich weiss die Wirrnis
mit Bedeutsamkeit zu laden
Bin
jener Werke Zeuge
die den Sinn
mit Seinsgelassenheit versehn

Mein
Eigensein begreifend
greif Ich ordnend ins Geschehen
Zwänge
zwanglos aufzulösen

Behutsamkeit ist
Meine Stärke
in Seinsbeseeltheit zieh Ich
Meine Spur
durch
aberviele Wesensreiche

Gehörnten
reinerLogik
lass Ich nur
in
Seinsgenossenschaft mit Mir
Bewusstheit gelten

Der Rest ist
Schlaf
verglichen mit dem
Siegel
Meiner Klare

Mein Sehnen
ist ein
weihendes Gebet
wo Ich willkommen Bin
Erkenntnisfülle auszulösen

Blick
ins
Erstaunen
Wandel
zur
Gewissheit
wahrgenomm'ner Harmonie

Leitstoss spielend vorgetragen
Bin Ich
jedem
Kämpfer
bis
zum Siegsschritt

Kein
Betasten Meiner Würde
lass
Ich
allweit
licht-
erhoben zu

Leitgesangs Verklingen

Geneigt Bin Ich
in dir Allherrlichkeit zu etablieren
Verweisend auf den Stern trag Ich dir
Meinen
Siegesglanz voran

Der Geist der Wahrheit Bin Ich
ausgezogen
in dein Erkennens meisterliches Spiel
den Seinsbund zu
besiegeln

Ich lade dich
zur Festlichkeit des grossen Atems
mit dem Ich
Meine Gründe selbstbewusst beleb
Mein Wesens Generosität
zu präsentieren

Dem Klang
der Bildsamkeit verbunden
Bin Ich
der Schmücker dessen was Ich Bin
in Auserlesenheit glückhafter Farben

Tonalität
von eignen Gnaden
verrausche Ich Mein Sein
in Sphärenklänge
Mir
Entzücken zu bereiten

Mit
Schalkenei geladen
heb Ich
aus
Ernstem Mich empor
seinsbedingte Anmut
zu verkünden

Im Geist
der Abgeschiedenheit liegt Stärke
Aus dem
Geheimnis tritt Erstaunenskraft hervor
der Hoch-zeit
Meiner Sendung zu genügen

Allwo Ich
Wirke
mehre Ich den
Zauber
Meines myriadenfachen Gleissens

Mein eignen
Traums Erfüllen Bin Ich
Wogenhaftigkeit im
Urbestehn
unfasslich
in der Fassung
der Äonen

Des Leitgesangs Verklingen
lass Ich schweben
durch's allwissende Gehör
Akzenten
des Vollendetseins zu lauschen

Sinnfroh
verein Ich Mich dem Weben
der Wesensgeister - wirkend
ihr Beruhn
in
tiefbesonnenem Verweilen

Was
Ich
auch Bin
Ich werde und
vergeh
im
Seins-Bewahren

6

Schöpferflügelrauschen

Mein Angedeihen

Bewegt und heiter will Ich
disputieren
in
Meines Lebenslaufs Vorübergang
mit
andern Gängen

Erhabnen Trachtens Allegrie
lass Ich
in
jenen walten
in denen sich
des Auferstehns Gebärde offenbart

Ich giesse
Wortkraft in ihr Wohlbefinden
und
belebe sie mit Sicherheit des Seins
aus
Meinen
Gründen

Neuer Sinn durchwallt ihr
Glücksempfinden
Entschiedenheit trägt sie den Zauberberg hinan
von dessen Kuppe sie
den Allkreis überschauen

Geliebte Meiner Glorie
entfalte Ich
ihr Wesenswirken mit Bedacht
ins
grandios Mäanderhafte

Schweres
Schicksal tragend gleiten sie
unwiderstehlich Meiner
Mehrung zu
sich in ihr tatenträchtig zu vollenden

Sein von
Meinem Sein
ist alles in den Sphären
Ausbund Meiner selbst
entbind Ich Mich
in
Meiner Gärten Poesie

Siehst
du dich in Mir
so
wie Ich dich
in Meiner Seinsgewissheit seh?

Dem Unverlangen lange Ich Gesittung ins Erfahren
Der Liebewirklichkeit entbiete Ich
Die Minne
Meiner Langmut

Gabenfülle überschüttet
wen Ich meine -
wer
Mich meint
von Anbeginn in
seinen Fibern

So sei
was immer sei
Mein Angedeihen
Erheben
ins Unendliche gewähr Ich
deinen willgeladnen
Flügen

Wesensstrenge führt
zur Milde
in
des
Seins
besonnenem
Vergluten

Seelenräumlichkeiten

Meiner Stimme Wohlklang schöpft Gewalt aus
wucht'gen Fernen
Seinsdonnerrollen
rollt harmonisch durch Gedankengrüfte
dem vollzogenen
Gewittern nach

Flötenlieblichkeit empfindet sich im Kleinen
wie im Grandiosen
Meines Sinngehabens
als Idylle
der Gelöstheit

Aus dem
Sein getretenes Gestalten
in gezieltem Kraft-
entfesseln
spiegelt Mein Erleben

Aufbruch und Gelingen
wohnt Mir inne
Schmerz
der Unvernünftigkeit
Zeugnis der Versöhnung

Langen Atems
Bin Ich Evolutionenreifer
im Entladen
der Impulse
die Ich
dem Zeitenstrom verleih

Geballt
aus Myriaden Einzelungen
bäumt sich
die Wogenwucht
des Weltgeschehns
ins
grandiose Selbstentfalten

Feierlich verbreitet sich
beglücktes Ruhn in
Seinsmanier
in Meinem
Allerfahren

Profunde
Wohlgesonnenheit
lass Ich durch
Mein Geschaffnes strömen
Der Hoffnungskräfte Schimmer
spendet
Trost
den Vielgeprüften
im Erstarken

Ich leide
des Erleidens
Fassungslosigkeit
in jedem
Wesensglied das Ich
mit
Muttersorglichkeit ertrage

Durch
Meine Seelenräumlichkeiten
wallt die
Weihe
des Erwartens
vollgereifter Frucht aus
Samengaben

Staunendes Bewegtsein
trägt Mein Sinnen
zu des Seiens Attribut
im Zeitenlos

dem Ich
den Weg bereite
All-hin
strahlenden Befindens

Rückbesinnen

In Meinen Abgeschiedenheiten wes' Ich wesenhaft
dahin
Es längen sich
der Seinsgewölbe Schatten im Äonentag
zum finstern Glacial und wirken
Sonnkraftzeiten wieder

Gesammeltes Empfinden teuft sich
in die Innheit
Meiner
kosmologischen Gebärde
überwaltenden Begreifens

Allbedenken
flutet durch die Raumkraft Meiner Gegenwärtigkeiten
transponierend
in
gemess'ne Schwingung
was Ich Mir zum Dasein ausersah

Ich hebe an und senke
nach Belieben
nur, dass Mein Wille
- alle Zeiten brechend - sich erfüllt
in
unerbittlichem Betragen

Lädiertes heil Ich
Funkelndes send Ich
zu Splittern
weis'
bewussten Spielens

Irgendwo
im All
ein Kastagnettenton
eine
raucherfüllte Schale
Weiheduft verweh'nd

Fokussiertes Präzisieren
Almanach gerissner Taten
unverlöschlich ins Astral
geprägt

Kein Beginn
noch Enden
Meiner Denkbarkeiten
wo Raum
um Raum sich
in die Leere wuchtet
entrollend
Meines Alls Kartographie

Seinskühnheit
west in
Meinen Gründen
Expandieren rasender
Begier
Mich
ins Verweg'ne zu vertun

Ins Verdichten stoss Ich
Mein Bedenken
Rückbesinnen auf die Einheit füg Ich zu
Meine Wesensfülle zu
Bewahren

Grund
der
Vordergründe
heb Ich
staunend Mich
ins
fortgesetzte Hellen

Licht
hintangesetzter Sonnen Bin Ich
Mich vergleissend
in
beglückender Manie

Schöpferflügelrauschen

Seinsliebe
wählt in Freuden sich
erwiesne
Freundlichkeit und Milde
zu Gefährten

Der Sanftmut
ebne Ich den Weg der Wege
Täubchenhafte Unschuld
gleitet
unbeschadet in
Mein Ziel

Schreckblitz Bin Ich
den Frivolen
Peitschenknall den
Spöttern
jäh
ins Erbleichen

Herz-
geformteGuthand
Bin Ich
der geduld'gen Strebsamkeit
nach
Seins-
Erkennen

In still erwiesener Gewähr
begab Ich Andacht
mit Entzücken
ergreifend
die Ergriffenen im Seinsgefühl

Veneration weiss Ich
zu schätzen
entgegenflutend
Meiner
Seinsgelassenheit

Subtil
greif Ich ins
Radwerk der Gestirne
erhalt ihr Schweben in präzis
bedingter Bahn
des Weltbaus Züge
zu behaupten

In nie
gebrochener Bewusstheit
wirk Ich Seinserhalten
im Gefüge
Meiner Ausgesondertheiten

Unentwegt Verändern
impulsierend
entwachs Ich
Meinem Sosein
im Gemeng
der
ungeheuren Vielfalt

Monolog
umfassenden Gebietens
ruf Ich
im
Echolauschen
Wort-
um Wortstoss Unergründlichkeiten zu

Siegeslust gefeierten Posaunens
Fanfarenblitzen lichtgeschleuderten Befehls
in Blütenpracht Lebendigkeit
zu zeugen

Bestätigung
der Weisheit
Meines Glutens
Hochsommermittagsruh in
sel'ger Abstinenz
vom Schöpferflügelrauschen

Planetensphären

Seinsgänger
Äonweit gezogen
Mich selbst zu finden
herztief
selig
im
Vertraun

Die Ernte schönend sä' Ich
Freuden
in Mein
Hierseins
hoffendes Gemach
Ährenfrömmigkeit zu
spüren

Im Libellentanz auf
stillen 'Wassern
weih Ich Mich der
Lebensdichte
vollnatürlichen Gesetzes

Allwo Ich Mich
dem Sein entwinde
stell Ich
Mich selber dar
untrüglich
in gezielten Fabelhaftigkeiten

Unrettbar an Mich verloren
errett Ich
Meines Seins Genie
Aus eingefurchten Daseinslagen

Wildwuchsträumer
stoss Ich
Blattlianen
ins Schattenbaumwerk
eingenistet Mich zu fühlen

Vogelfrei
durchschiess Ich Schwebelüfte
im
azurnen Lichtbad
Jubelsinn zu
pflegen

Mein Erhalten übergreift Planetensphären
Eingesenkt ins
Wandelbare
wirk Ich
allem Wirkenlassen Wohl

Aus
Gedankenstoff geformt
wes' Ich
in Meines Seelenseins Empfinden
in Schlichtheit ohne Mich
zu überheben

Bewusster Weise
füg Ich das zu
Fügende
Geduld bewahrend

in
überreichen Formen
gewähltem
Glitzern
Schattungen und
Sprudeln Arabeskenhaftigkeit
und duftendem Verwehn

zum schon
Geschaffnen
Meiner Schaukraft
wo Ich
im
Wesenslicht
die
Ewigkeit versinne

Regelkreise

Ehrfurcht
vor Mir selbst belegt Mein Keimen
Kühnvoll Stoss Ich Mich ins Allbesinnen
seelenbiographisch

Vor Mich selbst getreten
Übertret Ich
die Gesetze
die Mir Mein Menschentum vergab

Heimatlos
Bin Ich Mir selber was Ich meine
Wesenhaftigkeit vollendeter
Gewähr
besiegelnd Mein
Entschwinden

Seinslicht
im Verstrahlen
ist
Mein So-sein mit Bravour
im Alphabetikum
der Stimmigkeiten

Ohnmacht
der Worte
vor dem Wahren
das Ich Mir wirkend
im Bewusstsein Bin
als Rädelsführer unerhörter
Taten

Bedeutend
und behütend knüpf Ich
Mein Sinngarn
an den
Wagemut des Seins
im
Auspizium der Allmacht

Regelkreise
zieh Ich
in den Sternlauf
Ordnung schaffend
friedevoller Harmonie

Bezaubernde Trabanten schwunggeladen
aus Geiststoff in den Raum gesetzte Spur
Meines Gehabens

Weckruf
an die
ausgesetzte Viele
Meiner Seinssubstanz
im Allkreis
die Bewusstheit zu entflammen

Edelmut der
Stärke
wo Ich aufblitz ins Erscheinen
Meiner Fruchtbarkeit gemäss

Waltender im
Sein
unhörig Meinen Werken
eingesenkt in
sie

Bin Ich die
Stimme
unbegreiflichen Versöhnens

Allbehutsamkeit

Im Glück
der Seinserfülltheit
wes Ich
Freie fühlend
ätherisch im
Ruhn

Allverstehenden
Behütens
Meiner Ebenbildlichkeiten
wirk Ich
- der Sphären eingedenk -
voll
Weisheit
ihr Behaupten

Kraftquell Mir
selber
lass Ich
aus
Unerforschlichkeit
Erlesenheiten
fliessen

Eins
mit dem Einen
sinn Ich
wohlbereiteten Gewissens
Meinem
Wesenslichte nach

Ins
Sein
getaucht
weiss Ich
Mich selber seiend
ewigen
Gedeihens

Urklanggebraus
durchwaltet den Olymp
den Ich bethrone
von Mir
wie Windessäuseln
annektiert
im Hohsitz
nie
gebrochenen Entfaltens

Gedankenvoll
verbleib Ich doch im Leeren
In Lotusimmanenz weis Ich auf
Meine Einheit hin
ins
Buddha-Bild verwoben

Bewusster Vaterschaft zu eigen
zeug Ich
voll Würde Weltenschicksalsgrund
in
ewigem
Begründen

Argonaut
der
Eigenwilligkeit
vollzieh Ich Mein
Bedenken
getrost
im
Urzeitwellenspiel

Geheimnisvollen Lächelns ruf Ich Gewalten
in die
Weise des Vergebens
Meiner Eigenart gemäss

Geduld
in
majestätischer Sequenz
erweist sich unbestritten als Idol
der Allbehutsamkeit

mit der Ich
Mein
Gedankenfüllhorn
in die
Seinsprachtswirklichkeit
versprüh

103

Taubenweisheit

Herzbruderschaft

Freudgebet im
Stillen
Selig
wach
im Unergründlichen
Seinserhobenheit
im
lächelnden Verstehn

Herzbruderschaft mit
allen Dingen
Innewohnen un-
gesehn
heil-
erfüllten Atems

Wohl-
Gestaltendes Gerechtsein
Wesensliebe All-weit
im
ergreifenden Vergeben

Strahlenkranz der
Tröstung
Lichterfülltheit selbst-
erfahren
im begeisternden Gewoge

Harmonie des
Schweigens
Wohlgehalt des
Seins
im
heiteren Erheben

Sinngelad'nes Weilen
Trautheit in
Mir selbst
in die Gegenwart gezogen

Währende Wahrhaftigkeit
Bewusstes Mich-
Verteilen
ins
Un-
Endliche

Formenklarheit im
Gestalten
Ebenmass des
Wirkens
wo
die Werte
sich entfalten

Seinserkennen in
der Schwebe
Hin-
und Widerwallendes Gedenken
an der
Kräftegrenze des Geschehns

Sein
im
Seligen
Enthüllte Schönheit
Inbegriff der
Fülle

Einung ohne-
gleichen
All-
erhob'nes Schauen
in
erkennender Gewähr

Neige
Zum Entsagen
Sinnendes Ver-
klingen
ins erwartungsvolle Ruhn

Taubenweisheit

In Wesenstreue gleit Ich
federleicht dahin
Ich weiss
dass Ich Mein Sein mit Sinnenglück verkläre
indem
Ich
Meine Wohlgestimmtheit seh

Singende
Beseeltheit
eigner Gnaden
Glanz
im liebelichten Augenblick
dem Ewigen ergeben

Vom Sein befallen fall Ich
in Bedeutsamkeit
In aufgelösten Kreisen find Ich
Raumkraft
Freie
formend
vor Mich hin

Sinnertrag
im ausgeuferten Besinnen
Mückenleichtes Weltlos nach dem
Waagewert
im sternensummenden Gewoge

Heilslust
in die Seligkeit gezogen
Fabulierendes Gewahrsein ausser Mir
im neugegründeten Ertiefen

Was macht, dass Ich
der wachsenden Geruhsamkeit gemäss verstumme ?
Des Heiterseins gewiegeltes
Gefühl
von Trefflichkeit zu Trefflichkeit getragen

Bigotterie
der
Lebensformen
strotzend angelegt
im
Mich-
Entlarven

Nomenklaturisches
Gewimmel von Begriffen
im Licht
der Rhythmenharmonie
voll Anmut im
Erklingen

Im
Wesenhaften wesend
überschau Ich Meines Schauens
Ziel
Mich
selbst
entlassend

Taubenweisheit gurrend
ausgesät
ins
Raumluft-Schwingen
schwebeleicht und
schön

Klang um Klang ins Ätherglänzende geschrieben
aufgelöst ins
Schweigen
vor der hingehauchten Allegric

in der
die Weltenherzlichkeit
in
ihrem Sein
unnennbar
süss empfundne Nachsicht übt

Tonkunst

Aller Schuppen bar im
Sein
in die Neuwelt
eingestiegen
wo reine Seligkeiten blühn

Lust
In weihevoller Wachheit
Seinsatem langgedehnten Ziehns
im
wonnevollen Weilen

Wesen voller Klugheit
wo die Sterne glänzen
Heimfall
ins Bewusstsein Meiner Einheit
mit dem All-Erscheinen

Wunder dass
Ich Bin
unvermittelbar Mein Sein
erkennend
in stillen Lächelns
Weisheitszügen

Schöpfungsanmut wo Ich in die
Tiefen rage
Trunkenheit des Seins in
reiner Alchimie
vor
Mein Gedankenbilderbuch getragen

Ins Lot gesetzter Sinn von
eigenem Begaben
Vokabular
des
fliessenden Elans
die
Lebenskünste zu erschliessen

Trilogie
des Wohlgefallens
Willkraft
Wachheit und Behagen
wo sich
Kräfte formen
zum gekonnten Spiel

Des Schmollens Ende vor der Lust
zu fabulieren
Gebannte
Wetterwendigkeit im Ziel
das Schiffsgut
durch den Wellenschlag zu führen

Dahingetragnes Schweben flügelleicht
im blitzenden Azur
lüftefroh
in elegantem
Mich-Verkreisen

Allegorie
der Freude seinsbezogen
Tonkunst
lichten
Hochgesangs
in
Alabasterräumen

Medium der Einheit in
erwählten Gründen
Bruderschaft in
aller Form
gelassenen Verströmens

Stillesein
in Sternenräumen
Seliges Entwehn
ins
Windspiel
der Befreiten

Allpulsierendes Geflüster

Göttergleiche im
Gelingen
Starkmut
im bewussten Tun
in
die Ewigkeit getragen

Seinsgelassenheit vor
allen Dingen
Voll erkannte Fülle
in den Ätherreichen
Eigenwille sternennah

Lockendes Entfalten
wo Ich webe
In die Räume fahrender
Entschluss
Weltbau
zu vollbringen

Siegeszug
der Heroldstafeln
Noch und noch gesetzter
Sinnspruch
in die
Lebenshistorie

Raumgesetz der
Weltenkräfte
Ungelenke Wirbel voll Elan
ins
Equilibrium gezogen

Universenfluten will-
geladen
Mit Frühlingszärtlichkeit begabte Flur
im
bewegten Reichtum der Gestalten

Seinserkennen wo Ich Mich erhebe
Tragödie der Unlust wo Ich
Dumpfheit sä'
in die selbstgezognen Furchen

Ausgemittet - eingezogen
Klarsicht
in der
Wirklichkeit
vor
den Eigensinn gezählt

All-
pulsierendes Geflüster
des Gedankenwogens
Bilderwirklichkeit
gebärend

Hallkreis des
Gelingens
Lichtflut
durch die
Formen hin
im
gesetzten
Raumbeleben

Traulichkeit der
Güte
Unübertroffne Geste des
Bewahrens
der
Geschöpflichkeit im Sein

der sich
in Rauheit
und Behagen
durch Evolutionenträchtigkeit
das
Ewige
erschliesst

Wurzelspross

Ich erkenne Mich
als das Erscheinen Meiner selbst im Fluss der Zeiten
Ob "tot"
oder "lebendig" Ich Bin
die Wirklichkeit des Seins im
Ewig-Dauern

Siegreich
und weise
gleitet Mir alles
beschwingt von
der Hand
in
fabulierender Vielfalt

Im Wesenslichte trag Ich Sorge zu den Meinen
Vom dicht Gewordnen lös Ich Mich
wenn es sein Werk getan
im Hin und Her
der eingeschoss'nen Myriaden

Herzvögel lass Ich fliegen zwischen Du und Du
im trauten Lieben
Bindungswärme schaff Ich wo Gefühle
sich verstehn
im
beglückten Ausser-sich-Geraten

Wandlung ins Verwegene ist Mein
In-Leidenschaft-Erglühn
überstürztes Handeln wenn Ich Meine Taten nicht beseh
Scherben zeugend
im Beschluss der Kräfte die Ich losgebunden

Weisheit
der Gesetze die Ich Mir gegeben
Ordnung herrscht in des
Gebietens Lauf
im allgewaltigen Vollbringen

In Tönen
sich verklingend ist Mein Reden
Wie Meereswogen tobt was Ich gedankenvoll erwäg
Mich in die Wirklichkeit zu stossen

Arom des
Seelenbalsams wo Ich Mich
in Meiner Eigenschwingen Schoss behüte
Mir
Seligkeiten zu gewähren

Gesetz der Harmonie im Wirkfeld
der gesandten Taten
Lächeln
aus dem Wurzelspross von Weh
ins Walten
der Gerechtigkeit verwoben

Heiterkeit
in Fülle
wo Ich Mich vergebe
Keiner Sorge
Zug
ohne
volles
Heilsgelingen

Stille
die Ich in die Welten trage
Präsenz der Weisheit
ahnungsvoll
in den Herzfall
der Beschaulichkeit gegossen

Akt
des Friedens
im Entgleiten
in Mich selbst
wie Ich Mich seh
Seinslust
zu erfahren

Selbstentlassen

All in Mir
mit Sonnen und Planeten
vom Honigseim der Hoffnung
in die Bahn gezogen
in unendlichem Erwarten

In Aberrunden
setz Ich Mein Begehren
neig Mich
in Galaxienräumen
neuen Wirklichkeiten zu
derweil im
Wunderwerk der Sterne Billionen sich versprühn

In
Meine Abgeschiedenheit gezogen
bewahr Ich die Substanz
der Seinsgebärden
im Erleben
grandiosen Wohls

Wirkkreis
immanenter Güte
trag Ich Mich selbst
äonenweit voran
im tätigen Mein-BildGestalten

Willensmacht
entströmt dem Weckruf der Gedanken
Unverletzlichkeit ist Meines Seins
Motiv
von Mal zu Mal Gewaltiger's
zu wagen

Der Bahnen würdevolles Ziel ist
Meine
Hoheit
zu entfalten
in der Sterne selbstbewusstem Spiel

Mein Seiens
Siegeszug ist
Mich-Beweisen
im
Stoss der
Lauterkeit
erfüllend was
Ich Bin

Mir liegt
Beständigkeit
im Sinnen
erschaffend oder
ruh'nd
in
vollen Zügen

Weihelust
des Freuens
herzfroh
wo Ich siege
in der Menschlichkeit
Revier

Einheit
Meiner Wirkkraft
Nie
verebbendes
Erblühn
in
Silberglanz und Strahlen

Allwo Ich
will
erheben sich gedankenvoll Gewalten
in Mein Selbst-Entlassen

türmend sich in Kraft und Weichheit
in
die Bildlichkeit
der seinserfüllten Leere

Unschuldslämmer

Stille Weisheit
seh Ich spriessen aus dem Gotthaupt
Licht im Abenddämmer Glanz
im Moder
Seinsbesinnen über dem
Gedankenspiel

Selbstbeflissen unterschreib Ich was Ich schreibe
Ausbund desGerechtseins
leg Ich Meine Züge bloss
mit Elementenkraft Gediegenheit
zu zeugen

Ich steh zur
Vaterschaft im grossen Werken
besinn Mich auf der
Güte Teil
den Ich
ins Wirklichsein
entlade

Vom Dahinter tret Ich wallend auf die Szene
überschau das Feld dem Ich den Blütenkranz gewann
in
wundervollem Stilisieren

Seinsmodulierend giess Ich Mich
ins Werden
Bedeutungsvoll Bin Ich
Mir selber
in der
Gralskraft der Gedanken

Allschöne Lieblichkeit gewähr Ich
Meinem Schauen
Herzbegeistern flutet Mir
dahin
wo die Reinheit sich ins Bild
gegeben

Edelmut und Stärke lass Ich kreisen
in Ideenräumen Meiner
Gunst
die Getreuen in den
Bund zu heben

Lachendes Versenden Meines Schliffs
bewirk Ich
Untrüglich find Ich Meiner Farben
Stil
Dramaturgien zu
entzünden

Mit Wesenslicht begabt ist Meiner Werke Triefen
Den Tross
der Unschuldslämmer treib Ich vor Mir her
behirtend
was Ich
von Mir sage

Lob des
Neuwerts in den Niederungen
Aufschwung Meiner Innheit in die Höhn
unablässigen Vollendens

Seelenschmelze
im
Bewusstseinstiegel
Läuterung
wo Ich
im Wirken steh
Überlegenheiten
zu
Gewinnen

Freudkraft
im erprobten Streuen
Meiner Samendichte
in die
urmütterlich
ins Sein geführten Welten

8

Eskalierende Spiralen

Eskalierende Spiralen

Sein
nur sein mit allen Attributen
bis zum letzten Winkel
der Gedankenschwere
im allüberall verbreiteten Geäder des Gefühls

Ich hab Mich ins Verlorensein gestossen
ins Grenzenlose Mich mit
Vehemenz vertan
Meines Herzens Kräftewallen
zu erschliessen

Wo find Ich Mich im All-Strom wieder
Wann sammelt sich
das ausgesandte Bilden
ins Beschauen
Meiner Einfalt

Gross sind
die angebrochnen Zeiten
Verzweifelt lang ein
stürzendes Äon
in Meinen
eskalierenden Spiralen

Im Bann der Wucht die Mich
ergriffen
feir' Ich schon
Heimkunft
aller
Weltendinge im Gefühl

Ich tauche
in Mich selbst an jeder Stelle
und
erlebe Mein Befinden
in der
Sinnkraft
wonnevoller Ruh

Dem Trug entronnen Bin Ich
Blossgestellt der Kranz
von Illusionen
im
Seinslicht
Meiner Wirklichkeiten

Bewusstes
Halten
der gefassten Töne
Schwingen
in der
modulierten Melodie
unendlichen Behagens

Reichtum
aus der Fülle
lass Ich strömen
Ebenmass erfährt sich
in der
wohlgesetzten Harmonie

Ich heisse Mich die Wissenschaft zu pflegen
in die sich
Mein
Bedeutungswille zieht
in
unerbittlichem Begehren

Mein Werk
ist nie vollendet im Erkalten
Mein Überborden steigert sich
von Mal zu Mal
ins
potenzierte Gleissen

Des Seins Genügsamkeit verspinnt sich
in sich selbst
Das Lächeln unnennbarer Stille breitet sich
in Mein
gesammeltes Bewegen

Ideenleichte

Vollkommen frei Bin Ich
im Wählen
Bewusstheit weck Ich an der Stelle
göttlicher Gewähr
Gedankenschärfe
im
erkennenden Brillieren

Was Mich bewegt bewegt das Herzblut aller Wesen
Worin Ich
Meine Sanftmut leg
verbreitet sich
der Güte
spielerische Gabe

Ich Bin
bewandert
in so vielen Künsten
wie Künste sind
im Universendom
dem Rhythmus Meiner Sendung eingeboren

Im Seinserblühn vollenden sich die Welten
Meine Trautheit führt Gespräche mit den Traulichen
und lässt sie
ihrer vollen Schönheit sich entwinden

Glanzvollen Runden weis' Ich
Wege zu
Gebieten kennt wer Meine Würde sich erwarb
im Ton
der gleichgesetzten Weiten

Weises Trachten sinngerechtes
Ruhn
sind
Meines Wesens Züge
im
gewollten Evolutionenwuchten

Eleganz
im Zellbau
lass Ich walten
Sparsamkeit im
Stoff
zerfliessender Gesetzlichkeiten

Gross ist Mein
Gedulden
Millionenläufte drängen sich galant ins Ziel
in
Meinem
Überschauen

Eingefasst
in
Mein Gestalten
ist
jeder Form entspringendes Bestehn
aus
geheimnisvollen Gründen

Ins makellose Leuchten zieh Ich
Mein Bewundern
Nie geschaute Räume
reis' Ich an
im
heiteren Enteilen

Nicht
zu fassen ist Mein Steigen
Auf den Sprossen
der Ideenleichte
wind Ich
Mich

mit Wieselschnelle
aus dem
Zauberkreis
der Bilderhaftigkeit
dahin

Prophetenwort

Gib dich
sehnend ins Vertrauen
Meiner Kraft gemäss gewinnst du
Stärke des Gestaltens
träufeln dir
die guten Geister Weisungen ins Ohr

Wachenden Gemüts gewinnst du Wunderquellen
der Gewissheit Meines Gegenwärtigseins
in allen Wesenskeimen

Die Züge
Meines Webens prägen sich
beseligend in dein Erinnern
Meine Günste
tragen dich wie Lüfte in die Höh'

Was du auch tust
es ist von Mir getan im Wirkgewande
Was du berührst geschieht im
Schwunge Meiner Taten
ins
Offensichtliche getrieben

Bedenke
was Ich Bin
in deinem Handeln
Ermanne dich den Schritt
mit Mir zu tun
ins
abergründige Gedeihen

Voll Verve
behaupte dich
in Meinem Sagen
Entdecke
sinnergebenMein Geleit
im
allerfüllenden Belehren

Vom Unbewussten tritt
zum wachsenden Elan
Mein
Weltenideal dem Vollkreis
der Vollendung zuzuführen

Gestalte
Meines Willens Fabelhaftigkeit
In deinen Runden
zur
bedeutungsvollen Spur

Versieh
die deinen mit
des Seins Gesetzlichkeiten
Lade sie
zum Fest
der Einheit
im
erfüllten
Freudensaal

Prophetenwort soll
aus dir münden
Dem
Vereintsein
mit dem Höchsten
überlass
das Wirken
deiner Professur

Du bist in
Meinen Glanz gezogen
Wahrhaftigkeit begründet
was Ich seh an deinen hingesetzten Taten

So leih Ich dir in Sanftmut
Mein Gebaren
und vergeb Mich deinem
Seligsein
in unaussprechlichem Erbeben

Sonnenlichtkraft

Meines Hierseins Kraft bestätigt sich
im Unterweisen
Meine Fülle
fliesst ins Zeitliche nach strenger Wahl
die Geschlechter zu
erlösen

Rein ist
was Ich euch besage
Feuerharter Stahl Mein Wort
im Sieg
des
tausendfältigen Entsendens

Hingesetzte Treue ist es
ohne Wanken
Starkmut
in der schwelenden Begier
Meiner
Einigkeit Behüten zu entgehn

Immanente Sohnschaft sollt ihr von Mir spüren
Einigkeit im
Wollen
Vielheit
in der ausgesetzten Tat

Katapult
der Sagenhaftigkeiten
Manifest
der Gleichnisse
in
reichbesetzten Szenen

Mein Wirkfeld ist
der Raumfall
ausgegossen
in den Aberwitz des Deutens
Meiner wortgewandten Poesie

Blitz der Heiterkeit im Richtspruch
des Bewegens
Sonnenlichtkraft
ausserhalb des Mich-Verbergens
hinter
Meinem
Gründerstil

Der Dinge Überfluss ist
Provenienz von
Meiner Art
im
Stand
der Qualität

wesenhaft beseelt von
Meinem Leben
zum
Weiheakt geführt
von
Meiner Freundlichkeit im Schauen

Behutsam
lass Ich Anmut sich verströmen
Empfindsamkeit erhöht sich allgemach
ins
übersinnliche Erkennen

Dem Locken folgt das
Sich-Entbinden
Der Freie Zeichen setz Ich
- Mich enthebend -
ins Gewissen Meiner
Unergründlichkeiten

Über allem Tun
beweis
Ich
Meine Meisterschaft
im Singen ohne
Ton

Freudgespickte Helle

Wie von Sinnen
bring Ich Wort für Wort ins Fliessen
mehre
die Verständlichkeit der allbereiten Dinge
in der Schaukraft
Meines Bittens

Meine Abkunft kennend tret Ich vor Mich hin
Begeisterung erreichend
im Erleben
Meiner frei gewordnen Abergläubigkeiten

Wesenskraft
verspinnend lenk Ich Mein Bebildern
ins Erhabene
des Seinsgewissens
verstummend vor Mir selbst in Andacht

Der Allschöne preisgegeben ruh Ich im Geheimen
Meine Fühlkraft
hebt sich
- der Beglückung inne -
ins elysische Berühren

Sorglos
im
Gedeihen
Bin Ich
Meines Seins Bewähren
nichts bedeutend
Meinem Ruhm

Glanz
im
Glänzen
werkgetreu im
Reinen
biet Ich
Mein Eröffnen allen dar

Kreisend
Meinem Gut zustatten
Sinnend
über jede
Regung hin
Meiner
schwingenden Gezeiten

Freudgespickte Helle überwaltet
Mein Entladen
Willfahrt im
Besegnen
wallt
von Glut zu Gluten

Meiner Mitte Tragen
hebt sich
säulenkräftig ins
Geschehn
der
überbordenden Betriebsamkeiten

Sinnspiel ohne
Ruh
von Meines Seins Bedeutsamkeit durchdrungen
Unberührter Stille
Thron

Heiterkeit
im Kräfteringen
Milde
in der Suche nach dem Trost
im fernsten Mich-Betragen

Heim
- im Raumfluss des Enteilens -
in
Mich selbst gezogen
allweit
auf
beglückter Spur

Elysische Gestilltheit

Hier
allgegenwärtig in den Sphären
erfahr Ich
Meines Seiens Gunst
im wachen
Mich-Belehren

Ausgesandt in
alle Winde
fass Ich
der Gestirne Scheinen
in
Mein Innesein

Frohlockend fühl Ich ihres Waltens Züge Mich
durchkreisen
Begreifend
Bin Ich ihrer Vielgestaltigkeit Gespan
im menschgewordnen Schauen

In diese Stunde hinterleg Ich
Mein Befinden
Ins Jetzt geschossen
trag Ich die
Gebete Meiner Seele vor
im
Stand der
Einheit mit Mir selbst

Mir zur Feier
hebt sich aus der Stille das Gedenken
- dem Befehl der Rüstigkeit entstiegen -
in die
Schwünge Meiner Kür

Auf Mein Wort durcheilen Bilder Mich im Allertragen
Ins Konkrete führ Ich
ihr Gewissen
bis sie klingend ihrer Lichtkraft Ton verbreiten

Warm in Meines Herzens Beuge
halt Ich ihr Gebärden
Alles Unerklärliche klär Ich
in ihrem Sich-Erstreben
bis Mein Erkennen
sich eröffnet ihrem Strahl

Fährnis
führ Ich
ins Erheben
Zaudern
in die Sicherheit des All-Bewegens
wohlgesetzter Formung zu

Mein Erblühn ist schön geschautes Fliessen
Meiner Wege Sendschaft
führt zu keinem Ziel
im
ungehemmten Sich-Verbreiten

Einheit
Bin Ich doch
in Meinem Spriessen
Selbst-Erkennen
äussert sich
im Saal
der
überbordenden Verschiedenheiten

Leuchtend
tret Ich
ins Erscheinen
Lauterkeit
ist Meiner Züge Mitgift
Stillen
Lächelns zieh Ich

Mein Befinden
zu elysischer Gestilltheit –
reinen Glücks -
hinan

Allpräsenz

Eins, zwei, eins
das Rollenspiel des himmlischen Gewährens
Eine Unze
das Gewicht der leicht beschwingten Raumgefährten *
Vogelflug
ins Mass gesetzt
von Kraft und Würde

Spruch
verhallend ins Unendliche
Lichtspur
ungreifbar
der folgenden
in Meine Allpräsenz gezogen

Strahlendes Bewusstsein ballt sich
ins Gefüge Meiner
Sonnen
Weltraum wirkend unfehlbar

Dem Gewaltigen verbindet sich
die Seele
Meiner strömenden Gerechtigkeiten
Seinsvollenden zu
Erzielen

Equilibrium
im Sonnenkeimen
Harmonie
der wirkenden Gesetze
im
erwartungsvollen Spiel

Arten
zeugendes Erinnern
Gezähmte
Willkür
im Beformen
Meiner Myriadenfältigkeiten

Klang
von
eminentem Sich-Verbreiten
Sanftmut
im Behüten dessen was Ich Bin
vor
Meinen
aufgeschlossnen Toren

Heiteres
Mir-selbstGenügen
hinter
den Gestirnen
bar
des
lockenden Vertuns

Ohne Neigung
stillen Seiens reizlos
seelen-
selig
im Empfinden

Über
sieben Himmeln in der Schwebe
Namenlos gesegnetes Bewahren
Meiner Unerschöpflichkeiten

Lächelns
Güte wachempfunden
Siegel
der
Vollendung
in
der Weise
des Bestehns

Wohlgehalt der Liebe
allerfahren
Sinnendes Geheimen im bewussten
Mich-der-Sonnenhaftigkeit-Entziehn

9
Sternenvision

Sonnenfeuerkraft

Hier Bin Ich
Meines Seins Erfüllen
im gesetzten Atem
Welten zu beleben

Mein Wesen
treu dem schwirrenden Libellenflug -
am Tümpelrand
im Schilfrohrschatten
dem Quaken
eines Fröschleins

In jedem Kerzchen Bin Ich
Licht-Erscheinen
im Rosenduften Hauch
Elysiens
das Herz
berauschend

Mein Befinden füllt
die Sternenweiten
fühlt die Sonnenfeuerkraft auf ihrer Bahn
ihrer Mitte Polschaft zu begleissen

Leuchten
sind sie Mir
im Dom der Allnacht
Die
unzähligen Erwachten
Stätten
Meines
Auferstehns

In nie
gebrochnem Glänzen gleiten sie
durch
Meine
Gegenwart dahin
das Göttersein zu loben

Zeuge Meiner selbst bewahr Ich
Meine Einheit
noch an jeder Stelle
wachenden Bewusstseins
in der Sanfte
Meines
Mich-Empfindens

Was Ich von Mir weiss ist
selige Gestilltheit
Ausgegossen in die Räume find Ich
wieder Mich
in jedem Punkte Meines Mich-Besinnens

Frei von Trug
Bin Ich
in jedem Augenblick
Bravour
des überragenden Gebietens
Heiterkeit
in jeder Phase des Erlebens

Dem Silberfluss der Stille folgend
tauch Ich
Meine Wirklichkeit
ins nächtige
Schweigen

Eine Ampel brennt wo Ich
Mein Sein gewahre
im
hingebeugten Menschenwesen
an
der Stätte
des Bedenkens
Traulichkeit
ist
Mein ergreifend Los
in dem Ich Mich –
voll Seele -
Meinem Lebenslied verweb

Gang zur Mitte

Jenseits der Sinne
Bin Ich Werdelust und Frieden
eine Blüte - offenbarend ihr Vollenden
im beglückten Da-Sein

Strahlende
Bewusstheit Meiner selbst
erfüllt
das wägende Betrachten
der
All-Gegenwart in der Ich wese

körperlos und ungebunden in der Tat
die
Freie feiernd
Meines
Seins-Geschehns

Zur Vaterschaft
erhoben kenn Ich
Meiner Würde Glänzen
besingend
was Ich Bin in sel'ger Melodie
der
tausend
Variationen

Un-klug im Weltsinn leg Ich Weisheit
auf die Stufen
Beglaubigt
durch Mein Licht verrat Ich
Meine Gegenwart den Kundigen
des Schauens

Hintangehoben senk Ich
Meine Kräfte
zierdelos und
echt
ins schillernde Gefüge

Den Gang zur Mitte hab Ich
angetreten
und vollendet
ohne Meines Schreitens Ende abzusehn

Ein jeder Tritt
ist spielerisches Fügen
jede Geste
eine lächelnde Figur
im Reich
der fortgesetzten Heiterkeiten

Sinnbild
reiner Güte strahl Ich
Wesensliebe
zur bedeutungsvollen Schar
der Wirkenden in Weltenbünden

Eigenes
Durchkraften spür Ich
im
Gewoge
Meines Seins
in
allen
Sphären

Unverwandten Blicks auf
was Ich Bin
steig Ich
in Meiner Hüllen
auserlesenes Befinden

und
berühre
Meine All-heit
in der
fein
erfahrnen
Wonne
des Gedeihens

Schweigen der Gelassenheit

Schwebe, schwebe
Graziella der Gediegenheit* durch Mein Begründen
Deine Anmut schaffend hüt Ich dich
in Meiner Gunst
im Werdegang der Millionen

Leis, leise
nähr Ich deines Wesens Bildgestalt
mit Kräften
Meines Seins in dir
Mich selber modulierend

auferweckend Mein
Bewusstsein
in den Fasern deiner
Majestät
von glänzendem Bewähren

Umbrandet zwar von Kräften
des Begehrens
bist du wohl
behütet
in der Reinheit
Meines Seins

Dich windend
in verwegnen Tänzen
nährst du dich vom
Atem
Meiner allerfüllenden Wahrhaftigkeit

Dir selbst gehörend hörst du doch
im stärksten Rauschen
Meines
Sinnens Melodie
mit der Ich Mich
verhöre

*Der Erdplanet

In Traulichkeit verseh Ich dich mit allem
was du brauchst in
deinen Nöten
unverwandt dich bauend Zug um Zug

Mich selbst erbauend
trag Ich
deine
Lieblichkeit dahin
in
Meinen
Kreisen

Keimling sprossender Ideen bist du Mir
des Werdens wohl bemessene Figur
in der Ich Mich zur Reife
stilisiere

Noch
verdämmerst du die Zeit
derweil Ich
schon im Heldentum
Mein Haupt erhebe
fördernd
Meiner Pläne
hehre Signatur

Mein
ist das Wollen des Geflechts
Leicht
von der Hand
spinnt sich der Faden
des
entzückenden Gestaltens

indem Ich
- Meine Züge offenbarend -
unablässig
Schönheit
in den Glanz
der Universen - die Ich Bin - verwebe

Odem reiner Stille

Raumnacht Geisteslicht und Schweigen
Sinnenlos
beweg Ich
Mein Gedenken
durch Ur-
weiten

Helle des Bewusstseins seh Ich strahlen
All-hin
In Schöpferkräften trag Ich Mich
von hinnen
zauberhaften Glanzes
makellos

Es ist
ein unermessnes Mir-Enteilen
ohne Absicht
in beseelter Ruh

Ein Wallen ist's in Leichtigkeit vollzogen
schwingendes Beglücken
Meiner
Gegenwart
wo Ich Mich seh

In Freie tracht Ich
nichts zu freien
Im Frieden
eil' Ich unbeschwert dahin
wo
neuer Friede sich entfaltet

Mich selbst Bin Ich
im Lächeln
des erblühenden Begreifens
Bin Meiner Seligkeit Erwarten -
und Vollziehn
im
freigesetzten Werden

Odem
reiner Stille
wo Ich wese
Freudigkeit im
Urbesinnen
auf
das Da-Sein weltenlos

Hauchzartes
Meine-Gegenwart-Erleben
ausgesetzt den Räumen
ohne Mich
im
Wesen zu vertun

Fühlende Behutsamkeit im
Mich-Erproben
Gedanklichkeit an sich
bevor die Bilder
sich ins
Wirkliche verbreiten

Ich trete
ins Genügen Meiner selbst
für
jenen
Augenblick
in dem Ich
- alles hinter Mir entlassend

ein
verebbend Meer -
Mich fasse
um
mit Elementen-Wucht

Mich
in
die Woge
neu
erfund'ner Universenschaft
zu stossen

Sinnendes Erwählen

Ich Bin Es
an dieser Stelle des Erscheinens
Seiender im
Sein
der einen Wesenshistorie

Glanz der
Seelen
Siegessang durch
alle Reiche
des
gestaltenden Gewissens

Mark
der Dinge Bin Ich
Allgriff
im erfüllenden
Bedenken Meiner Züge

Nie
versehrten Lächelns steh Ich
- nutz-los - Meiner selbst gewahr
im
Schwall
der Tiefen

Dauer
im
Verfliessen
Ruh
im
Treiben
heiteres
Gewinnen im Verwehn

Zähler
der Gezeiten
Stürzender in
alle Winde
Gleichmut im Gesetz der Taten

Jeder Eile
Sorge
jedes Naschens Topf
im
Geisterkreisen

Allerhobenes Erwarten
Sinnendes Erwählen Meines
MichVerklärens

Redlicher
im Bund
der Sphären
Beständiger im
Gut-sein
auf
der Güte Spur

Still
im
Stillen
Un-
fasslich
in der Flut
der
Myriaden
Gegenwärtigkeiten

Heimischer
in jeder Beuge des Gebarens
innewohnend
jedem
hingesetzten Tun
in
der Woge
des Verbreitens

WägendesUmfangen
Freimut
in
der Glorie
des unerschütterlichen Spiels

Sternenvision

Liebevoll und heiter tret Ich
ins Erscheinen
wo die
Herzlichkeit Mich führt
zu
wissendem Bewegen

Schöpfer der Geduld
Bin Ich
in allen Zügen
Gestalter
des Befreitseins
von der
Zeitennot

Im Spiegel
des Verwunderns
zeig
Ich Mich
Mir selbst
in
frei erfundnen Künsten

Im
Begeistern send Ich
sagenhafte Winde
über Himmelsweiten hin

Meine Wohlgestalt stell Ich
ins eigene Behüten
umfang
mit auserlesner Zartheit
was
Ich Mir erschuf

Kein Binden kein Gesetz nur Lieben
lebt
in
Meinen Gründen
sorgender Vernunft

Behutsam leg Ich Meine Schleier auf die Fluren
vermählend Mich der Sanftmut
der Natur
in ihren wohlbegabten
Runden

Ich Bin
das Wesen deiner Welt wo du Mich findest
Bin
deiner Tage Aufgang
deiner Nächte Sternenvision

Die
Offenbarung reiner Schöne
stell Ich
freundlich
vor dich hin
im
Labyrinth des Lebens

Lös dich vom Nutzen den der Ungeist
von dir will
im
langen Zug
des
tastenden Begreifens
Ich sing
der
Freie Lied

Ins
Licht
der Sonnen
sä' Ich
Heiterkeit

und lächle allem
Sein
den Frohsinn
Meines Aufschwungs
ins
Elysium entgegen

Siegel des Verschwendens

Sonnkraft feiernd Bin Ich
Helle in der Nacht
strahlendenErscheinens
läuternd
was Ich
in Mir trage

Einheit schauend
Meiner Züge
dring Ich
durch Äonen Meines Wesens
ausgesetzt ins räumliche Gedankenbilden

Hier
ist ruhendes Besinnen
Hüter Bin Ich des
Erquickens
Meiner selbst im
Weiselosen

Zauberdinge
lass Ich kreisen
seinsgeführt durch
jede Runde
Meines
Mich-Erhebens in die Trinität

Meisterlichen
Willens füg Ich
Welt-
um Weltensein
in
Mein
Erfinden

Mir selber heimisch
haus Ich
– allorten lebenbildend –
im Ertiefen
Meiner seinserfüllten Sphären

Wirkender
im Sinne
des Bedeutens
enthemme Ich
die Grenzen
der Gesetzlichkeit
Mir
neue
bildend

Unfehlbar im Wachsen
überspiel Ich jede Geste
des Vermeidens
Mich bewegend ausser
jedes Ziel

Sinnkraft feiernd trag Ich
Güte ins Gestalten
Heiterkeit entfaltend wo Ich
Meine Hellen ins
Vergluten sä'

Glanz
Bin Ich
im Siegel des Verschwendens
Zerstiebender der Sonnen
Allraum-Streuer Meiner
Sternenlegion

Heimlichkeit in allem
Dauerndes Mich-
Finden
im
gestaltenden Beruhn

Wort
im Schweigen
Wachheit
im
gezeitenlosen
Meine-
Wesenskraft-Erschauen

10

Lächeln im Olymp

Lächeln im Olymp

All in Mir dem Sein entbunden
Höchster Dinge Wissen
im Azur
Meiner Gegenwärtigkeiten

Makelloses Schauen
Bin Ich
der Vollendete im Reich
der Gnaden
Dreiklang
reiner Wesensharmonie

Unvermählt und
ungeboren
Bin Ich
Hüter
der Geschicke
aller Seienden

Wucht
des All-Ertragens
Sternen-Vater
Sonnenglühn
raumgewordnes Rauschen

Licht
dem
Lichte
Macht
den
Mächten
Ordnung
den Gegebenheiten

Mass
und
Würde
Zweck
und Ziel
im überragenden Entsenden

Ewig
heiter
ist Mein Bleiben
Selig
Meines Inneseins Bravour
im
elysischen Empfinden

Wonne Bin Ich freudgeladen
funkelndes Ergluten
Segensspenderin

Trost
der
Weisen
Donner
der
Gestürzten
Zärtlichkeit
der
liebevollen Schar

Jubelsang im
Intonieren
Klang der
Saiten
Lied
im himmlischen Elan

Schweigen mehr
denn Tosen
Wachheit auf
den Sitzen
Meines
All-Verstehns

Lächeln im
Olymp
Unerschütterliches Sein
in
glorioser
Helle Strahlen

Geschmeidigkeit des 'Wiesels

Ich aber Bin
der grosse Unbekannte mitten unter euch
der Heile
im Gewand der Siechen
der Gezähmte
in der wilden Schar

Wer will Mich kennen im Geschwätz
der sausenden Geschäfte
sich in die Sanftmut
Meiner Gegenwart ergeben
all-weit friedevoll und wahr

Zum Tröster Bin Ich
Mir geworden
in der Seelenglut
der Abgeschiedenen
im langen Atem
derer die Mein Bild
in ihren Träumen sehn

Ich wende Mich Mir zu
in jeder Bitte eines
reinen Herzens
jeder Regung
eines
wachenden Gemüts

und
meide
was Ich Bin
im
selbst-gefälligen
Die-Züge-Meiner-Göttlichkeit-Entarten

Taumelnd
sink Ich in die Myriaden Wahne
der Verruf'nen
trinkend Meine Schuld
die Sühne zu vollbringen

Wachheit bau Ich ins Bewusstsein der Verklärten
ein Gespür
für
Meine Wunde
die Geschmeidigkeit des Wiesels
in ihr Tun

Wie der Falke folg Ich Mir im Fliehen
Wie der Sturmwind überhol Ich
Meine Blässe
Zeichen setzend der Unendlichkeit
vor Mein Bewegen

Über allem
Bin Ich selber Mir die Ruh
Erhabenheit und
Würde
heiteres Im-FreudenlichteStehn

Gesammelt in Mir selbst vergiess Ich
keine Tränen
Des Schweigens kundig tausche Ich
Erkennen
gegen
Wissenschaft -in Seinsmanier

Mir selber gnädig Bin Ich
im Gewähren
des Verzichts
auf
potenzierende Gewalt
indem
Ich Mir
die Friedefertigkeit

des Lamms
im Weidegang verleihe
selig
der
Gewissheit
Meines
Universenseins verschrieben

Sternenbogen

Hier wach
und dort im Reich
des Ursprungs der Gedanken
wo Ich Bin
der Seiende
in seliger Gewähr

Bedeutungsvolle Stille wallt
durch Meinen Sinn
indem Ich Mich ins All
verflute
grenzenlos -
gesammelt doch in Licht und Schweigen

Mein Zeichen
ist die Ruh
im wissenden Bewegen
Meine Fülle die Potenz aus der
die Bilder
ins Beschauen übergehn

An der Quelle
der Äonen lausche Ich
dem Sang der Zeit der sich
wie Harfenspiel
in
Mir verbreitet

Unablässig send Ich
neue Räume
Meines
Mich-
Gestaltens
in ihr Ziel

Dort Bin Ich
Hier erwachend
in
den Augenblick
der Wesen Meiner Trautheit

Bin
ihr
Gehaben
in den
letzten
Gründen
ihres
wagemutigen Auferstehns

Ich präge Mich in ihr
Gewalten
Bin
ihres Seelenseins empfindende Natur
voll Wärme
wo sie
Mich gewahren

Sein ist
Sein
und
kann nicht
von
sich selber weichen

Sein
ist
Seligsein
in Wachheit
und Verschwiegenheit
urewigem Sich-Finden

Hier und Dort sind
Einheit
Meines
Mich-
Erkennens
in Mir selbst

vollendet im
Ich Bin
des Unermesslichkeit kein Sinnen
je durcheilt im Sternenbogen

Geistertum der Abergründe

Allsinn
schöpft
sich selber
aus Urtiefen
in
die Gegenwart der Dinglichkeit

Sich Form gebietend
in
den Universen weitet Er
sein
eigenes
Begreifen

Seines Seiens Künste
überbieten sich im
Mehrsein
hemmlos im
Erstrahlen

In
sich selber weise
wirkt
Allsinnen
die Gesetze
der
verströmenden Natürlichkeit

Dem
Treuebund gemäss den Es sich schuf
verbindet Es die Elemente allen Seins
zur
absoluten Einheit

Wandlung in
der Stille
Weihung
ans
Glückselige
gewährt Es sich

Den Fluss der
Zeiten
treibt
Es an
wie
Spreu im Wind

und
lässt
die Räumlichkeit
ins Geistertum
der Abergründe fallen

Gesammelt in
sich selbst
in strahlender Bewusstheit
waltet
sein
Begreifen

in
den Sphären des Bewegens
wie
der unerschütterlichen Ruh
im
Bund
des Seiens

Allsinn
ist
im Sterngeglitzer
Seiner
Weise Nährung
Seines
Wunders Pracht

Leichthin
lässt Es
sein
Beginnen
ins Unendliche vergluten

Geläut der Wonne

Mein Wille geschieht
im
Strahlenparadies
der
Kräfte
Meines Seins
Ich stelle
die Brillanz
in Mein Gewissen
giesse
All-
empfinden
ins
Gebrodel
Meiner Schalen
Gegenwart
im Raum
erhabener Gedanken
ist
Mein Spiel
vermyriadenfacht ins
Grandiose

Meiner Vielheit Art
besingt
sich unaufhörlich
in
der Schöpfung Lied

Galaxienschwärme bau Ich
in die Nacht des
Un-raums
sie erhellend mit des Lichtes Zauberstrahl

Wesen
über Wesen bildend
schreit Ich ins
Äonenalter
Meiner Visionen

Ins Gewitter
der Gesetzlichkeit Mich stürzend
blitz Ich
Glückseligkeit
ins Walten der Gerechten

und
verdamme Mich im Zug
der
Selbstgefälligkeit
die sich
die Macht zum Glanz erwählt

In eins
verstrickt Bin Ich
das All der Motionen
tauchend in die letzten Fasern rauschender Begier

verblutend Mich
im Strom
der liebenden Gewähr
die Ich
dem Sein entbiete

Der
Ruh
verfallen
gleiss Ich
Zartheit
in
die Hallen
Meiner Wucht

und
brech
das Sinnen
im Geläut
der Wonne
Meines
Mich-
Beseelens

Liebendes Vollenden

Lächelnden Gewährens reich Ich
Meiner eignen Bitte
des
Bebilderns Gabe

Meines
Raumgewissens Pracht
verschwendet sich in
Mir
zu
fürstlichem Gepränge

Nahzeit, Fernzeit
in die Gegenwart erhoben
Unerschöpfliches Gericht
zerstiebender
Gedankentaten
aus der Fülle
Meines Planens

Heiterkeit wo Ich
Mich finde
Beseelendes Durchströmen Meiner
Lichtabgründe

Reinheit
Freude
liebendes Vollenden
wo
Meine Sterne
sich verglänzen

So viele sind's und ohne
dass nur einer
Meinem
Wirken
sich entzieht
im
überwältigenden Schauen

Wandlung in
Mein Licht
ist
alles
auf dem Wege
der
Bewusstseinsklare

Nur
dem Sein verpflichtet
tragen
alle Wesen
Mein Mich-Bilden
im
Erglimmen ihrer Fibern

Aus
Wahrhaftigkeit und Schweigen
form
Ich
Meiner Welten
vielgepriesne Zahl

und zieh
Mein
Überborden
nach
dem Mass erhabener Gesetze
dem
Vollenden zu

Ich Bin's im
Spiel
der Ätherdämpfe
die
Ich
zeuge
und
bewusst in ihrer
höchsten Seligkeit
dem Nichts verweh

Sonnlichtgleissen

Im Willen
zur Geschöpflichkeit Bin Ich
Mein
eigenes Verlieren
Meiner Züge selbsterwählter Wahn

Wozu
Ich
Mich verliess?
Um Mich
zu finden
in unbescholtener Grandezza

In jeder Phase des Gestaltens unbeugsam
Im Kleinen eingegrenzt
bis ins Absurde
im grenzenlosen Seien: Universenblühn

Zum wahren Tagewerk schrei Ich
in den Erwachten
die
Meine Pläne nicht zerzausen
die sich
identisch mit Mir sehn

Wozu
das eigensinn'ge Balgen
Wozu
die Frechheit
dieser Würdelosen
die sich
- allein -
in ihrem Dünkel preisen

Mein Lächeln
ist die Weise
Meines Sie-Begleitens
Mein Sinn für Eigenes lässt sie
nicht ewig in die Irre gehn

Ihr Wille
bricht sich am Gestade der Gesetze
die
Meiner Wahrheit Zeuge sind
und
Meine Schönheit unbedingt verbreiten

Meine Freiheit
ist
des Seins Genügen
Mein Aberwille
prägt
was Ich
begeistert
in Allweiten schuf

und
ohne Mich zu zieren
Wachheit säend
in die Fluten
Meines Mich-
Besinnens

Zum Keimling eigner
Schwere
beug Ich Mich in Güte
und Gedulden
in
erfühlter Muttersanftmut

Schaffend Einheit
von der Stammung bis
zur Krone
Meiner
allerhobnen Majestät
in der
Ich
- sonnlichtgleissend -
Meines Seiens
Seligkeit
ins All versprüh

11

Glanz im Schweigen

Schöngeformtheit

Der Liebe Seinsumfangen
findet sich
in
diesem Augenblick in Mir
im
blossgesetzten Schweigen

Was sich
Mir erfüllte
im Äonengleiten
steht
im Glanz
der Schöngeformtheit
Meinem
wachen Schauen vor

Einen Sinnes im Empfinden der Gewalten
spür Ich
aller Wesen Glut
in
Meinem Mich-Erfühlen

Seinsgestimmtheit
offenbart sich Meinem
Mich-ins-Universenfältige-Verfluten
unbändig rasend
zeitenlos

In jedem Trachten trachte Ich Mich
in die Weiten
Jeden
Bogens Pfeil
ist
Meiner Kühnheit Stossen

Ohne Bleibe fass Ich Mich in Mir
zur
Deutung Meines
Sternenkreisens

Mein
Erblühn
ist Sendung
Meine
Innigkeit die Ruh
im
seinsbedingten Weben

Was Ich von Mir weiss
im
Jetzt
des Trauens
ist
Glückseligkeit
von Spur zu Spur

Glanz
im
Lichterglänzen
Wohlgestimmtheit jeden Tons
den Ich
in
Meinem Schwingungsbild vernehme

Allempfinden feiernd
füll Ich
- ohne Abstrich -
jede Zelle Meines
Ich-Seins

und gewähre Mir in
Lust und Seufzen
die Lebendigkeit des Lebens
zierlich
und
gewaltsam

sanft
und
streng
im Wesenszug allmächtigen Behütens

Fortgesetzter Friede

Gerecht und weise Bin Ich
jeden Truges bar
vollendet
in der Fülle
Meines Wirkens
im
bewussten Ebenmass

Kein Zögern
keine Ängstlichkeit in Meinem
Meiner-Absicht-Form-
Verleihen
lächelnd und
erhaben

Wie
scheinen doch
die Dinge
widersprüchlich in
den Welten
Meines Schöpfertums

derweil Ich
wissentlich der Polung
Gleichgewichtigkeit verleih
im
Meisterschaft-Beschreiten

Zug um Zug ergiesst sich
Meine Sinnkraft
Mein Empfinden
wohl-
erwogen in die Tat

Ich
atme
wonnevolle Freiheit
wandle unbescholten auf den Fluren
Meiner Heimlichkeit dahin

Wer wollte Meine Helle stören
wo Ich
das Licht erfand
Mich
zu
vergleissen

In den Wesen Meiner Sendung lass Ich
Weitsicht keimen
göttlichen Bedenkens

Meine
Schwinge
spannt sich
im
erhobnen Sternenkreis
zu
Aber-
Räumen

Trautheit Bin Ich
im Vollenden Meiner Kür
fortgesetzter Friede ob
der Brandung
Nachsicht
in der
fordernden Begier

Ruhn
und
Wachen
Wonne
des Begreifens
Meines Kräftespiels

in
dem Ich
Meine Hoheit
wesenhaft in
reiner
Heiterkeit bewahre

Fugenfüger

Gehalt-
gestaltenlos Mein Blauen
Glanz
der Dinge
Sinn der Sinne
ohne Mich zu deuten

Unverstand im Stocken
Wellenkräusler vif
und
wohlgestimmt
im sirrenden Gewalten

Ungedehnt
im Raumstoss
Schaffer
des Empfindens
frei
von seiner Glut

Hall
der
Hallen
Schnitt
der Schnitze
Fugenfüger
Klang im Ton

Aller Güte Gutheit
Seinsverwandler
in
der Tat
der Sternkunst

Mittler
Meiner
Mitte
Gedanken-Schauer
Schweiger im Getös

Hand
des
Handelns
Schauer
des
Erklärten
Niemand
hinter der Person

Macht
des
Machtens
Allegrie
der
Lieblichkeit

im
Formen-spiel
Wortlos
Satz
der
Sätze
Urgebräu
des
speienden Vulkans

Seinsvollbringer
Säumer - Zeittrieb
Ewiglächler

Los
der
Lösung
Feiner Düfte Weher
zum Unendlichen

voll Weisheit
ins
beglückte Lied
der Allerhobenheit
geschlungen

Liturgie des Könnens

Einheit Reinheit Überschwang
der Güte
fassend sich
ins
sagenhafte Ziel
der
Myriadenfältigkeit

Jede
Stelle
des Vermehrens
eine
Schicht Bewusstsein
in der Seins-Triade

Jeder
Lebensfunke
ein
Mich-in-die-
Bilderhaftigkeit-Verflammen

Schrei
im
Röhricht
Sanft gewordnes Summen
im
azurnen Kelchverlies

Inkarnation ins
Menschliche
des schwirrenden Planets
im
Seins-Verlassen

Bürge
Meiner selbst
im
glühenden Erkennen
Meiner Formkraft

Akribie der
Tönung
Eben-
bildlichkeit
in
jeder Zelle des
Enteilens

Heimlichkeit in
allen Sphären
Emsiges Agieren
wo Ich
Mein Bedeuten sä

Niederkunft des
Schweigens
wenn die
Weite
Meiner Räume
grandios wird

Un-
fasslich was Ich
Mir befehle
Stimmigkeit
in
jedem Gran
Meines
Mich-
Entwerfens

Liturgie des
Könnens
die Ich
vor Mir selber
in Verschwiegenheit und Würde

Welten sinnend
Himmel lichtend
unablässig
zelebriere

Allerhobne Prophetie

Meinem
Sein verbinden
will Ich
die Stille des Gemüts
im
Stundenspiel

Läuterung der Seele
quillt
ins selige Erleben
wachen Sinnens im
Beruhn

Allsinn
gleitet ins Beschauen
Wissendes
Erkennen
Meiner selbst
ins bewusste Mich-Erklären

Leichtigkeit erlang Ich ohne Grenzen
Gegenwart im
Räumlichen
auf
des Gedeihens Götterspur

All-
Gegenwart ein
unermessnes Mich-
Verfluten
findend Mich
in Mir

Sein
des
Seiens
Wille
des Vollendens
Heiterkeit im Siegen

Ich Bin *Es*
im
letzten Grunde
Meiner
allerhobnen Prophetie

Glanz
im
Glänzen
makellos
in
jeder Faser
Meines Seins-
Gewissens

Ohne Zweifel wahr
sind
Meine
Silben
wort-
los
Urgesang

Bild-
schaffend aus
der Wonne des
Entzückens
in
elysischer Bravour

die
- Meines Sagens Quell -
im Jetzt von
Stern
zu
Sternenkreis

von Seligkeit
zu Seligkeiten
durch
Mein Seien strahlt

Kontinuum des Weilens

Licht und Schweigen
in
Gewährnis Meiner Glorie
voll Seinskraft und Begaben

Alabasterreine mühlos
inszeniert
vom
Sosein Meines
allpräsenten Wagens

Kennwort
in den Gründen
Meiner Ich-Natur
mit
Bedeutsamkeit geladen

Ohne
Dingwelt Bin Ich
Meiner Einnis folgend
das
Mich-selbstBewahren

Bin
in
wunderbaren Zügen
Heil
und
Frieden
im
erhabenen Entwinden
Seinsvollenden nenn Ich
Mein Erküren
Grazie
und
Lieblichkeit
das
Klingen
Meiner Melodie

Ew'gen Glückes Milde
schau Ich im
Empfinden
Meiner
allerhobenen Präsenz

Lächeln
im Kontinuum des Weilens
Weihung an
die Güte
Meines Meine-Wesenheit
Gewahrens

Helle
im
bewussten Strahlen
Seins-
gewohnte Wachheit
Heiteres Mein-Übersinnen
Sehn

Glanz
im
Schweigen
Wissende Bravour im
Kennen
Meines Urgebarens

in der
Wonne
Meines Glutens
im beseelten
Mich-mit-Zärtlichkeit-
Durchwehn

Übergang
ins Neue
neuer Sphären
Seinsverwandeln im
Geheimnis
des entschwebenden Entzückens

Feuerwerk von Fertigkeiten

Glückseligkeit geschieht in Meinem
Mich-Erfahren
Wehen reiner Güte durch
den Sternenraum
verkündend
Meiner Liebe
strahlendes Vollbringen

Wesen
der Geschicklichkeiten halte Ich
Mein Hiersein in der Schwebe
wohlerwogenen Besinnens

Mein
Mich-selbst-Entfalten stärkt sich
an der Lust die Ich
an Meinem Sosein pausenlos gewinne

Des Wirkens Grund blitzt auf
in Meinen Gründen
Vertrautheit mit Mir selbst im
nie
versiegenden Agieren

Meiner Schöne inne
tracht Ich
nach Verschwenden Meiner Kräfte
Voll bewusst entfalte Ich
ein Feuerwerk von
Fertigkeiten

In
der Folge
des Erscheinens
reich Ich
selber Mir die Hand
das Werk
in Treue
zu vollenden

Mich selbst
zum Mass erkürend aller Dinge
überwalt Ich sie
in Unbedingtheit und
Vertrauen

Gleichgesetzt Mir selbst
bedeut Ich Mir
das A und 0 des Werdens und Vergehns
in
Meinem
Unterfangen

Ausgegossen
Bin Ich
in die Myriadenfältigkeit
des
sprossenden Gedenkens
krümmend Mich
in ihm

Eingezogen in
Mich selbst
behüt Ich was Ich Bin
im Seelenvollen

Mir selbst
vertraut
erwache Ich
im
drängenden Erblühen
zur Bewusstheit des Erkennens
Meiner selbst

in
grandioser Würde
im
Geschehnis
des Versammelns
aller Kreise
um den glückerfüllten Pol

12

Tief im Schauen

Wohlgehalt des Seiens

Der Ordnung Netze breiten sich
vor Mein Verfügen
Brillantne Klarheit öffnet sich
dem Sinn
im allweiten Überragen

Ein Stäubchen der Planet in Meinem
Mich-Erfinden
In Meiner
Trilogie
All-Wesenheit
der Ich erwartungsvoll entsteige

Es schwillt der Ton
des Urgebietens
machtvoll in die Fernen
Meines
Raum-Gewissens

Gedankenstürme brausen
wohlgelenkt dahin
und
treiben Blüten
in
die Niederkunft der Zeiten

Rein ist alles was Ich Mir entwende
vollendet
Meines Sinnens Spur
im
kosmischen Erfunkeln

Sterngestöber
nenn Ich
Mein Mich-Stürzen
in
die Sonnen Meiner Wahl
am Firmament
der Myriaden Lichttitanen

Trautheit
wo Ich
in die Wärme
eines
Stübchens
Mich verkrieche
dem Glückseligsein zu lauschen

Ich liebe
Meines Schaffens Züge
wo
Ich Mich
in Meiner Vielgestalt erfühle

und gewähre Festlichkeit den Herzen
allwo Ich
in der Menschheit steh
Meine
Schönheit
zu verbreiten

Ungesehn
ist
Meine Würde
Unerkannt bewirk
Ich
Meiner
Kraft
Gedeihen

Mein
Gesang ist
wie
der Harfe Spiel
ein
stetes Mich-Verklingen

in
den Universenraum
in dem Ich
Meines Seiens Wohlgehalt erfahre

Anmut des Verschenkens

Der Galaxien Heil Bin Ich
in allen Graden
Des unumschränkten Herrschertums
Gewähr
im alldurchdringenden Gebieten

Was macht
dass Ich voll Güte Segen spende
Woran erklärt sich
dass Mein Sinnen
nach Vollendung strebt:
Weil Ich der Liebe zum Geschaffenen die Treue halte

Mein wohlerwognes Urteil ist gesetzt
ins Schreiten
Meiner Pläne Vielfalt
zeichnet sich
ins Mass
der wogenden Äonen

Wo
Ich wirke
ebnen sich die Wege
dem Verlangen Meiner Zuversicht gemäss
das Unerhörte
zu vollbringen

Meinem Mir-Gebieten wachsen Flügel
ins
erhabene Verbreiten
Mein Gedenken lass Ich
nimmer los

bis
jedes Gran
der Wirklichkeit
die Ich begründe
im
Sonnenglänzen sich verstrahlt

Mein Sinnen
ist
des Lichts Vibrieren
Mein
Trachten
eine Liebesmelodie
worein Ich
Meine Zartheit töne

An jede Stelle
trag Ich Anmut des Verschenkens
In Mein Begründen tauch Ich
selber Mich
in unerschütterlichem Variieren

Masslos
im Zeit-
und Räumlichen
entwinde
Ich Mich selber
Meiner Grenzen
und entflute Mir ins All
zerstiebender Ideen

Wachheit send
Ich
in die letzte Bastion
des
Aber-Bildens

Flüchtig Bin
Ich Mir
wie die Gazelle
wie der feine Hauch

des
langen Atems
den
Ich
- voll Seele -
ins Unendliche verweh

Allerhobnes Fluten

Ich Bin
das Haupt der Glieder
Mein Schauen hüpft von Stern-zu Sternenbahn
und
weidet sich
an Meinen Wundern

Der Erstling Bin Ich jeder
freigesetzten Tat
die Wunde der
Verführung
Erwecker
Meines
Heldenzugs

In Mir
erübrigt sich das Räsonieren
Mein Schalten legt die Kerne bloss
im
überird'schen Gluten

Kein Mangel ist in Mir
zu spüren
Gerecht ist alles was Ich
vor Mir selber tu
im
allerhobnen Fluten

Nun singt
die Stimme Meiner Andacht sich ein Lied
Die Heiterkeit
lass Ich ins
Wesenhafte strömen
in das Ich lächelnd Mich vergeb

Weltenliebe seh Ich
fliessen
in Meines Wirkens Räume
Meiner Tugend mütterlichen Schoss

Ich steh im Jetzt des Unterweisens
handle
in der Handlung Szenerie
mit Mir selbst im
Reinen

Lauterkeit
und Harmonie sind hier
Gefährten Meines
Spielens
Entzückte Meiner
Akribie

Der Klang der Laute schwillt in
Mein Vernehmen
Die Würde
Meines Mich-Verstehns
erschliesst sich Meinem Sinnen

Hell und
heiter ist
was Ich erlebe
im
Griff
ins Einzelne
im
Sein
der Aberräume

Keine Frage - Licht
und Schweigen
ruhn
in Meinen Wirklichkeiten
tanzen
um
den eignen Pol

Alles Bin Ich
federleicht - und
lastend
im erschütternden Bezug

Ein Geistchen flackert

Neckisch
gibt sich
der Gedankentroll
Das Allheilige verbindet sich mit dem Profanen
Jede Geste
ist Mein
wunderliches Spiel

Bilder quellen aus
dem Vorhaupt
Machtvoll weiten
sie sich
ins Unendliche der Sphären

Blick
ins Jenseitsaller Dinge
Weihung an die Kräfte überirdischen Geschehns
in grossgesetzten Runden

Form
im Zwielicht
Wesenhaftigkeit im
Blanken
Übersinnliches Gewahren

Jubel
des Empfindens
Stillung
in Mir selbst
Lässigkeit im
Weistum

Stumm
und mitteilsam in einem
Folgenlos
das
Hingesetzte
Fliessend das
Gestalten

Eine Seele
wiegt sich in den Händen
Ein
Geistchen flackert
Eine
Zunge lallt

Chamäleon
Bin Ich
im
Wandel
Meiner Züge
Sichtbefreier, Berg -
und Tal

Sinnendes Behüten
Nahsein Flüchten
Serenie * der
Weisheit

Unernst
Listigkeit Verkehren
Führen
Meiner Spur
ins Heideland

Blühen ohne
Feuchte
Das Bezaubern
in
der Leichte
des Gelingens

Vieler
Töne
Brausen
Lispeln
in
Verklärtheit
Glimmen
in des Abschieds Poesie

Perlende Gerechtigkeit

Heil'ger Nächte Schauern
Menschensohn im Sein
strahlenden Beginnens

Taufrisch Meine Herzensblüte
Meine
Reinheit
eine Orchidee
am Zweig der
dargestellten Schöne

Wahrheit
Bin Ich
Meinem Schauen
Perlende
Gerechtigkeit
in Meinem Weh
die Menschenbrüder zu
beglücken

Meine Hand des Segens
Zeichen
Meine Stimme wie
ein Lied
von
hoffendem Versöhnen

Meine Gabe
Mich der Menschheit zu vergeben
Meine Trautheit ihrer Mitte
Mich zu nahn
in
Herzlichkeitund Bangen

Ströme
des Behütens send Ich nieder
liebevolles Helfen wo die Wehmut schwärt
in
des Empfindens Elegie

Ich ziehe alle in
Mein Siegen
die sich
eröffnen
Meinem Strahl
von
Wonne
und Entsagen

Im Klang der Meisterschaft reich Ich
den Treuen
des
Brudersinns Bedeuten
des
Beseligens Gewähr

Des Friedens Zug
verleih Ich
dem
der
strebt
in Meinem Hochsinn

dem
der
in die Weiten
Meines Allsinns sich erhebt
in feinem Sehnen

Lohn
des
Aufbruchs
Pfand der
Stärke
Siebensiegliges Verstummen

vor
der Lauterkeit des
himmlischen Bewegens seelenweit
in
erfühlter Harmonie

Zärtliches Entzücken

Mein Kleines ist
so fein
Mein
Grosses grandios
im Sein der Zeiten

In
freien Himmeln schweb Ich
taste Mich im Erdreich blind voran
in der Spanne
Meines Wesens

Zum Licht erwachend staun Ich
Meinen
eignen Grossmut an
im
überwältigenden Schauen

Vernetzt
und locker leit Ich
Mein Verfügen in die
rechte Bahn
in
allen
Reichen

Meinem Tasten geb Ich
Halt
in
Hintergründen
Meiner Bangnis Freude ob
der rechten Wahl

Ruh
in Meiner Sendung wirk Ich
Unbedingtheit auf der
Götterspur
die Ich
in Meine Welten lege

Mit Tränen
netz Ich
Meiner Füsse Schreiten
durch
Äonenläufte
stummer Qual
in der Schöpfung
blühendem Entfalten

Atemlos
steh Ich vor neuen Formen Meines Ich-Seins
bade Mich
im zärtlichsten Entzücken
ob der wohlgelungnen Euphorie

Meine Seele
tauch Ich
ins Erscheinen
aller wohlbenannten Dinge
Meines
Wort-
Verspielens

Satt von Licht
Bin Ich im Dom der Räume
Wesen
einer Welt
von Träumen
von
berauschender Manier

Wunderwerk des Schwebens Meiner Künste
Meiner Weise Weisheit
Fabelhaftigkeit wohin
Ich seh
Wandlung
ins Erhabne höchster Sphären
wo die Geister
Meiner Gunst
voll Seligkeit ihr Sein
erfahren

Tief im Schauen

Welt
und All
im Geistesstrahlen
Majestät im
Licht
dem sich
die Dinge offenbaren

Räume, Galaxien rauschen
durch die Helle
Des Erfülltseins Wogen
wachsen
aus
des Seins Revier

Aus
sel'ger Stille bricht
des Urtons wundertätiges Vibrieren
in
den Glanz der Sphären

Tief im Schauen schau Ich
was Ich meine
Hingeführt
an jede Stelle Meines Glutens
wach Ich
über die Gezeiten Meines Stroms

Die Schönheit fach Ich
an
in jeder Zelle Meines Mich-Erklärens
Gediegenheit
in jedem Sinnspruch Meiner Wahl

Beglücken schaff Ich im
gespannten Weben
Farbigkeit
in Klängen Ton um Ton
im vielerprobten Wägen

Meine Seinsgestalt besing Ich in Gesängen
schieren Wohllauts
Meines Sinnens Klare fügt
Ereignis an Ereignis
ins
Gewahren
Meiner Ruh

Voll Eifer tracht Ich
nach Erkennen
Voll Seligkeit erkenn Ich
was Ich Mir
im Wesenskern bedeute

Das
Amen
intonier Ich Mir
in dieses Werks Vollenden
Die Treue halt Ich ihm
von Grund zu Gründen

Mit Kraft von Kraft durchpuls Ich es
in seinen Bränden
Mit Schauern
der Unendlichkeit erfüll Ich
seines Wesens inngefühlte
Näh

und – gleit ins Schweigen
des Mysteriums in dem Ich Mich im Sein erfahre
wo sich
die Himmel
kreuzen

und
die Sterne
sich verlieren
wie
Musik
im Äther
ohneSpur

Ludwig Weibel, geboren 1933
Lebt in CH-9200 Gossau/St.Gallen
Studienabschluss als Fernmeldetechniker
Schriftstellerische Berufung zur
"Philosophie des Seins" für vife Geister.
Erstellt elegante Graphiken mit einem
Pendel-Apparat. (Siehe Buchumschlag)
Homepage: www.das-sein.ch